龍與雀斑公主

細田守 MAMORU HOSODA

輕文學
Light Literature

邀請函

一道白線浮現於黑暗之中。

緩緩靠近。

這條線是什麼？

白線逐漸變得清晰起來。是一連串細微複雜的單元，就像顯微鏡底下的細胞一樣，規律地重複排列。

細胞？

不，那是「街道」。

這裡是被稱為『U』的神奇巨大都市。

是掌管人世知性的五大賢者『Voices』創造的終極虛擬世界。

全球帳號數突破五十億，目前仍然持續擴大的史上最大網路空間。

您尚未加入『U』。

要如何加入？

立刻查看自己的智慧型手機吧！

桌面上有個『U』字形APP圖示。只要是新款智慧型手機，幾乎都內建了這個APP，立刻就能找到。

開啟APP吧！

U will be you.

You will be U.

U will be everything.

您身上配戴的專用裝置——耳機、手錶、耳環、戒指、眼鏡、美甲片、口罩等等——會自動讀取您的生物資訊。

Reading your biometric information……

在認證完畢前的短暫時間內，螢幕上顯示了『U』的政策。林林總總的圖示代表了形形色色的人類，各種性別、年齡、體型及缺陷與五花八門的「U」圖形對置呈現。

「世界上的每個人都不盡相同，各有特色；為了體現您的特質（ethos），現在正在探索各種U粒子。Much like the difference and particularity that makes each individual in the world unique, this explores a variety of different shaped U particles to embody this ethos……」

某個粒子從無數的U粒子之中雀屏中選。

認證結束。

「歡迎來到『U』的世界。Welcome to the world of U.」

U粒子從連綿不絕的智慧型手機形窗口飛了出來。

這就是認證後的您。

U粒子瞬間變化為可愛的兔型少女。

廣播聲響起。

「『U』採用了最新的體驗共享技術，無論任何人都可以輕鬆同樂。」

在這裡，將頭像稱之為「As」（As＝Autonomous self／自主性自我）。As就是您在『U』的分身。『U』引以為傲的頂級A．I，會依據掃描得來的生物資訊自動創建您的As。

可以看見同時登入的U粒子一個接一個地形成As，飛出窗口。

您——毛茸茸的白色耳朵從時髦帽子底下露出來的可愛少女——與剛結識的夥伴們一起從天而降。

淹沒視野的雲海倏然消散無蹤。

見了反射暮光而閃閃發亮的摩天大樓街，您忍不住發出了讚嘆之聲。

結構精巧的幾何形摩天大樓沒有天地左右之分，層層疊疊，創造出前所未見的壯觀夕景。

光鮮亮麗的購物商場。那種快樂的感覺就像是在天色還很明亮的傍晚下班，無拘無束地漫步於5號街、香榭大道或是銀座。所有Aｓ都打扮得五彩繽紛，活像威尼斯的化妝舞會，令人賞心悅目。

圖形化的碎花好似雪花，一面旋轉一面飛舞。拿起其中一片嗅一嗅，就會發現潛藏於華麗與性感之中的清爽活力香氣，正符合這條街道的景色。

您就像隻鳥一樣，悠遊於喧囂的大街上，不經意地仰望天空。上下顛倒的摩天大樓林立於天空中，彷彿隨時都會掉下來。有座宛若裁切摩天大樓街而成的巨大公園，可以從那兒俯瞰悠閒嬉戲的Aｓ。

還有其他街道能夠帶給人如此自由的感覺嗎？

您切實地感受到這裡的確是世界的中心。

月亮從摩天大樓之間探出臉來。

廣播聲再度迴響。

〈『U』是另一個現實。〉

〈Aｓ是另一個您。〉

〈這裡無所不有。〉

下方呈現弧形的新月看上去就像個『U』字。

〈現實無法重來，但是『U』可以重來。〉

〈來吧！活出另一個您。〉

〈來吧！展開您的另一個人生。〉

〈來吧！改變世界——〉

街頭的喧囂聲戛然而止。

是歌聲。

有人在唱歌。

是從哪裡傳來的？Ａｓ們紛紛環顧四周，尋找聲音的主人。您也豎起了白色長耳。

那首歌壯麗且纖細，親密且強而有力。

令人深深著迷。

「在那裡！」

某人叫道，所有Ａｓ的視線都集中到同一處。

鯨魚。

掛著無數揚聲器的巨大鯨魚在上下顛倒的大樓之間緩緩游動。牠的鼻頭上有個穿著深紅色洋裝的嬌小人影，歌聲似乎就是從那兒傳來的。

鯨魚身上的無數揚聲器轟隆作響。

她站在鯨魚的鼻頭上，用不輸給伴奏聲壓的嘹亮聲音高歌。

那件深紅色洋裝其實是大理花、非洲菊、紅花白頭翁、紫錐菊等數種紅花匯聚而成的花朵洋裝。

非現實的桃紅色長髮。

和大海一樣深沉的藍色眼眸。

用絕世美女四字形容，一點也不誇張。

而她的臉頰上有著烙印般的雀斑。

「是貝兒！」「貝兒！」

Asの們仰望著她，異口同聲地呼喚這個名字。

她的名字叫做「貝兒（Belle）」。

啦啦啦

啦啦啦

無人知曉

沒有名字的現在
疾馳而過
朝著那輪新月
伸出手

啦啦啦
啦啦啦
好想了解你
無論迎接多少次
無法言語的
怯懦早晨

在臍帶切斷的那瞬間
彷彿偏離了世界
如果映入眼簾的景色

悲傷地微笑
別害怕，試著閉上眼睛

走吧！
大家一起
朝著心跳聲作響的方向

走吧！
蹬響鞋跟
朝著怦然心動的方向
走吧！跳上海市蜃樓
駕馭顛倒的世界

「貝兒！」「貝兒！」「貝兒！」

您身在連聲呼喚她的眾多Ａｓ之中。不知不覺間，您哼起貝兒的歌。她轉過頭來微微一笑，回應歡呼聲。一瞬間，您覺得自己似乎與她四目相交，胸口倏然發熱。只要看上一眼，就會深深被她吸引，再也無法移開視線。

雖然才剛遇見她，您已經成了她的俘虜。

「貝兒！」「貝兒！」「貝兒！」「貝兒！」

貝兒的雙手在胸前交叉，又倏然攤開。

同時，圖形化的花朵從她的身體一齊散發開來。花朵從悠然游動的鯨魚上方散布到街道的每個角落。

貝兒高聲歌唱，彷彿在祝福所有人、所有現象與所有生命。

貝兒，究竟是何方神聖？

鈴

「噗哇！」

我掀開薄被，坐起身子，大大地喘了口氣。

因為這個緣故，腦袋險些撞上低矮的天花板。這裡是鄉下的破舊閣樓，支撐屋頂的椽木緊挨著床鋪上方。

「哈，哈……哈……」

已經是早上了，陽光好刺眼。

剛才那個絢爛世界的觸感依然殘留著。我伸出手來，閉上眼睛，觸碰它的殘渣。我確實站在鯨魚的鼻頭上，穿著華麗的服裝，悠然自在地唱著歌。

睜開眼睛一看，眼前的是放在床單上的智慧型手機，呈現休眠狀態，漆黑的表面映出了陽光照射之下的自己。從國中穿到現在、褪了色的俗氣睡衣，亂翹的頭髮，半睜的眼睛。

還有散布於臉頰上的雀斑。

這讓我憂鬱不已，胸口發悶，忍不住嘆了口氣。

「……唉！」

『鈴～？』

一樓傳來爸爸的聲音。『怎麼了～？』

我暗自焦急。

該不會被爸爸聽見了吧？當然，這裡並不是隔音室，只是個悲慘的十七歲女孩的房間；要預防聲音外漏，唯一的方法就是躲進被窩。是我剛才發出的聲音太大了嗎？如果真是這樣……背上冒出了後悔的冷汗。

「沒、沒事……！」

趴跪在床上的我連忙回答。

要是爸爸起疑，上二樓來，該怎麼辦？不，我想他應該不會上來，但要是——

「啊！」

抵著床鋪的手滑了，整張臉啪一聲砸到床上。

我換上制服，下了一樓。

沒看見爸爸，大概正準備去工作吧！

我打開緣廊的門，把福加放到外頭，讓冰涼的晨間空氣進到屋裡；接著又用掃把稍微清掃客廳和廚房，收拾桌上的雜誌，趁著燒開水的期間把庭院裡的花插進花瓶裡，放到廚房的相框旁邊。我把茶包放進馬克杯，加了開水，帶有紅茶香的熱氣裊裊上升。相框裡的媽媽今天同樣面帶微笑。

我餵食在庭院裡乖乖等候的福加。牠的白毛裡參雜了褐毛，遠看顯得髒兮兮的，活像隻主人不肯替牠洗澡的可憐狗。牠因為受傷而失去了右前腳尖；當時牠踩到山豬用的捕獸夾，被夾斷了腳尖。福加抬著粉紅色皮膚外露的腳，一面勉強維持平衡，一面吃飯。被我們家領養之前，牠大概同樣是被當成可憐狗看待吧！我坐在緣廊上啜飲紅茶，目不轉睛地望著福加。

膚色黝黑的爸爸穿著藏青色T恤，肩上背著工具包，走向車庫。

「鈴，要我送妳一程嗎？」

我依然望著福加，杯不離口回答：

「……不用了。」

「晚餐呢？」

「……不用了。」

「……是嗎？那我出門了。」

爸爸想必是一臉困擾吧！不用看也知道。他發動了四輪驅動輕型車的引擎，倒車迴轉，駛下坡道。輾過碎石子的輪胎聲逐漸遠去。

我們的視線沒有交集，已經多久了？幾乎不交談，已經多久了？不一起吃飯，已經多久了？

叮！通知聲響起。

智慧型手機的畫面上跳出了對話框。

〈貝兒是虛擬世界『U』創造出來的絕世美女。〉

世界各地的語言在瞬間完成了翻譯。

〈非常獨特且罕見的樂曲。〉〈貝兒的歌聲充滿了自信。〉〈五十億帳號中最受矚目的存在。〉

對話框爭先恐後地浮上，轉眼間便淹沒了貝兒圖示的周圍。

不過，我沒有喜悅，沒有成就感，也沒有高昂感。無論貝兒受到多少矚目，都與我無關。我的嘴巴依然就著缺了口的馬克杯，躲進了自己的殼裡。

某個留言的對話框顯得格外龐大。我放大了最受矚目的留言，這是對話框的功能之一。

在大量的留言之中，最受矚目的留言是：

〈她到底是誰？〉

嗚！福加抬起頭來。

似乎很關心無精打采的我。

大多數人應該都不知道，四國．高知是個素以連綿不絕的險峻山脈，以及碧波粼粼的美麗山谷清流孕育而出的豐饒風土為傲的縣市；一五〇多年前曾經出了幾位大人物，替日本歷史悠久的封建社會帶來了劇烈的結構性變革，這也是引以為傲的事蹟之一。日照時間居全國之首，酒精消費量也是全國之首。或許是因為這個緣故，民風不拘小節、開朗豪爽。不過，即使在這樣的縣市裡，還是會有性格陰鬱、垂頭喪氣的孩子。

我就是其中之一。

我家位於約有三十間民宅連綿分布於山坡上的村莊一角，往下俯瞰，可看到一條名叫仁淀川的河川流過，靠著沉下橋與對岸相連。所謂的沉下橋，指的是沒有欄杆的橋，即使河川水位上升，橋梁沉沒，也不會被沖走。除非橋身下沉，否則我每天都會經過這座橋。今天的仁淀川水流依舊安靜，依舊碧綠。

偶爾會有觀光客租車前來，驚呼：「哇！好漂亮！」「真的好綠耶！」並在沉下橋上拍照。一面稱讚村子美麗一面擺姿勢的她們並不了解這個地區的真相。

我把書包夾在腋下，下了石階，踩著學生鞋啪噠啪噠地走在陡急的坡道上。從前會有正在掃地的鄰居阿姨向我打招呼：「哎呀，小鈴，早安。」或是「路上小心！」可是現在沒有了。大多數的民宅遮雨門都是緊閉的，有的人過世了，有的人搬到市區，居民變得越來越少。在仁淀川流域，這樣的村落有好幾個。據說90年代初期的「極限聚落」這個名詞，就是某個社會學家針對這一帶創造出來的。我在小時候常聽到大人說村裡的人口和全盛期相比少得驚人。這裡走在全日本的人口減少與少子高齡化社會最先端，這一點是不爭的事實。

走上坡道，來到國道以後，有個巴士站。生鏽的時刻表上只有早晨與傍晚的班次，一旦錯過，可不是遲到就能了事的。

過了片刻，巴士來了。我一如平時地坐到後方的特定座位上。車上沒有其他乘客。巴士逐一通過巴士站，沒有任何人上車。我一面顛簸，一面漫不經心地看著駕駛座旁的看板。

「這條巴士路線將在九月底廢止　〇〇交通」

我住在終將人去樓空的地方，站在狂風巨浪逼近的陡峭懸崖邊。那種無助的感覺就像是身在世界的盡頭。

下了巴士以後，我穿過ＪＲ伊野站的剪票口，轉乘停在月台上的火車（高知將列車稱之為火車。正確的說法是以柴油為燃料的柴油車）。空空蕩蕩的車內地板反射了窗外射進來的陽光，不斷地振動著。每在車站停靠，就有幾個穿著別校制服的高中生或國中生上車。隨著接近市中心，地板上的光芒逐漸消失，兩輛編制的車廂裡坐滿了乘客。車內廣播宣告我要下車的車站到了。

在通往學校的路上，我和穿著同樣制服的眾多學生會合，一起走上徐緩的坡道。我身為其中之一，帶給我莫大的安心感。

夏天的陽光好耀眼。

去年秋天。

管弦樂社在中庭的意象樹前演奏，吸引許多學生圍觀聆聽。

管弦樂社的表演總是大受歡迎。他們不光是演奏而已，所有演奏者都會配合演奏跳舞，跳的是充滿躍動感的輕快舞步；每種樂器都和舞步配合得天衣無縫，但演奏並未因此落了節拍或失了音準。

當時我和小弘——全名別役弘香——也在體育館二樓的陽台上聆聽。

第一首曲子結束，第二首曲子開始時，一個身材修長的美少女拿著中音薩克斯風走上前來；她時左時右地跳著充滿魅力的俐落舞步，搖曳著長長的大波浪捲髮，精準地進行獨奏。

「……好可愛。」

我忍不住出聲說道。瑠果——全名渡邊瑠果——那充滿活力的美令人不禁望而興嘆。

同樣在陽台上觀賞表演的其他女生的聲音傳入耳中。

「瑠果真的是我們學校的公主耶！」

「腳很細，而且很長。」

「就算穿著制服，看起來還是像模特兒。」

「就是說啊～～～～」

她們異口同聲地說道，相視點頭。

小弘用只有在身旁的我聽得見的音量說道：

「腳不細也不長的女生應該很嫉妒她吧……」

並翻動書頁。

女生們的聲音繼續傳來。

「瑠果總是自然而然地變成大家的領導者。」

「一定是因為她就像公主一樣，大家都會聚集到她的身邊。」

小弘在銀框眼鏡底下皺起了眉頭。

「這樣好煩。就這點而言，鈴就像月球背面，沒有人會靠近，輕鬆多了。」

「嗚哇！」

突然被流彈擊中的我愕然地將臉轉向身旁。

「小、小弘。」

「唔？」

「跟我講話可不可以委婉一點，別那麼毒啊……」

「毒？誰啊？」

此時，一道足以掩蓋演奏的宏亮聲音響徹了中庭。

「要不要加入輕艇社～？」

大家回過了頭。

「是頭慎！」「頭慎來了！」

頭慎——全名千頭慎次郎——手上拿著獨木舟槳，背上插著寫了「CANOE」的旗子，逢人就開始大力宣傳，活像殺入敵陣的小卒。

「啊，學長，要不要加入輕艇社？」

「哇！別鬧了頭慎！」

「我才不要加入咧！」

他追逐一面嘻笑一面逃竄的學長們，隨即又一個轉身，把目標轉向了女生集團。

「欸、欸，要不要划輕艇？」

「呀～～～！」

女生們大聲尖叫，逃之夭夭。

「啊，欸，一起划輕艇吧！」

「糟糕，快逃～～～」

雖然本人一本正經，周圍的反應卻讓頭慎看起來活像個怪人。他就像是闖進成群美女之中大鬧的野獸。

「欸，輕艇……」

「呀～～～」

看著女生們四處逃竄，我很想替賣力招生的頭慎辯白。

「頭慎靠著一己之力成立輕艇社，真的很厲害。」

「可是社員只有他一個人。」

「為什麼？」

「這還用問嗎——」

小弘將視線轉向一面演奏、一面關注騷動的瑠果。

只見瑠果身子一僵，轉過身去，彷彿不想看到頭慎一般。

小弘並未遺漏瑠果的這番舉動。

她啪一聲闔上書本，用嚴厲的眼神看著瑠果。

「──用委婉一點的說法，他被看扁了。」

我們離開體育館，在校內閒逛。

合唱團、生物社、流行音樂社、舞蹈社。各種社團都在宣傳他們的活動。

走過嵌了玻璃的渡廊，某處傳來了女生的歡呼聲和鼓掌聲。

戶外籃球場正在進行一對一鬥牛賽，是男籃社的招生表演賽。球扔進了球場中，準備進行下一場比賽。一個穿著連帽上衣的男生俐落地接住了球。

「啊……」

是忍。

球賽開始了。

忍──全名久武忍──一面運球，一面伺機而動。

對手──學長──壓低重心，舉起右手牽制，提防跳投。忍原想低身運球閃過，但對手防守嚴密，只能往後退。

接著，他突然急停跳投。

好快。

學長連忙伸出五指大開的手，但沒能搆著。剛才的是假動作。球描繪出漂亮的弧形，唰一聲通過了籃網。

並排在三樓走廊上的女生們發出了熱烈的掌聲，但是忍的臉上連個微笑也沒有。他的酷廣受全校女生的矚目。

掌聲尚未停歇，球場上已經開始進行下一場比賽了。咚、咚！忍一面估算時機，一面低身運球，擠開防守，彷彿在說就算比力氣他也不會輸。他硬生生地切入，轉眼間便越過學長，帶球上籃。籃球穿過籃網的聲音很是痛快。

女生的鼓掌聲再次迴響於校舍的牆壁之間。

我像是自言自語似地對小弘說道：

「……沒想到忍會變得那麼高。」

「他是妳的兒時玩伴？」

「咳，不瞞妳說，忍可是向我求過婚的呢！」

「真的假的？他是怎麼說的？」

「『鈴，我會保護妳。』」

「那是什麼時候的事？」

「六歲的時候。」

「……這種陳年舊事還拿出來講？」

小弘啼笑皆非地嘆了口氣。

忍再次射籃得分。

在掌聲之中，結束比賽的忍和學長一起走出球場，臉上依然不帶絲毫笑意。

兒時玩伴忍。

已經不在我伸手可及的地方了。

放學後，我無精打采地走過沉下橋。

我和忍從幼稚園到小學低年級都玩在一起，後來忍搬到了市區才分開的。升上高中以後，我們再次成了同學，但是交情已經不若以往了。

當年的我從沒想到自己會變成現在這種垂頭喪氣的女孩。我會變成這樣，是有理由的。

我看著仁淀川的靜謐水流。

沒錯，那是陳年舊事。
白鳥低空飛過水面。

記憶

「媽。」

「什麼事？鈴。」

我一呼喚，媽媽便轉過頭來回應。

十一年前。當時房子還很新，還沒有車庫，庭院裡到處都是花卉盆栽。

「我不要剪頭髮。」

我如此聲明，跑下了家門前的坡道。媽媽走另一側的樓梯，繞到前方，手扠著腰等我。我再次強調自己絕對不剪頭髮，連蹦帶跳地逃向反方向，卻一下子就被逮回來了。我被迫坐在庭院的長椅上，披上了剪髮圍巾。「妳會變得很可愛的，鈴。」不要，剪完頭髮以後髮尾都會刺刺的，很討厭。我搖晃雙腿，嘟起嘴巴。然而，媽媽不管三七二十一，拿起剪刀，一口氣剪掉了我的頭髮。「以後妳就是小學生了。」兩側的頭髮成了不到肩膀的長度，瀏海則是在眉毛的遠遠上方。開始上學以後，有好一陣子脖子都是刺刺的。

我和媽媽常常一起玩。

我們在傍晚的河岸草皮上玩相撲。我使勁一推，媽媽倒在草皮上。贏了！我開心地笑了，媽媽也笑了。為什麼？我詢問。因為我輸就會哭嗎？不是。媽媽搖頭。是因為從前那麼瘦弱的鈴變強壯了，媽媽很開心。爸爸躺在草皮上，笑看這一幕。

媽媽常下廚做鹽烤鰹魚。灑一些鹽巴在鰹魚片上，用不鏽鋼串籤串起來，放到爐火上烘烤帶皮的那一面。我坐在椅子上目不轉睛地看著她下廚。鰹魚會滴油，用廚房紙巾邊吸邊烤，就不會弄髒瓦斯爐；烤成金黃色以後，放進冰水裡冷卻，再瀝乾水分。切得大塊一點，或該說切成厚片，是媽媽的一貫作風；還是個小孩的我無論是要用筷子夾起厚厚的鹽烤鰹魚或是放進口中，都費了好大一番工夫。媽媽拿著馬克杯，一面看我苦戰，一面等候爸爸歸來。當時爸爸是上班族，每天都穿西裝、打領帶，去市區工作。

或許是因為這個緣故，從前家裡似乎比現在富裕一些。媽媽買了當時最新款的智慧型手機，為了測試內建相機的性能，我坐在爸爸的膝蓋上，用智慧型手機對著媽媽。爸爸幫我把媽媽收進取景框，再由我按下快門。身穿白衣、面帶微笑的媽媽很美，我把這張照片列印出來，現在還放在家裡。

當時的我和現在不一樣，是個喜歡到處亂跑的活潑小孩。比起待在家裡，我更喜歡在外頭玩耍。有樹我就爬，有葉子我就摘，有蟲我就追；不過，我並沒有曬黑，大概是體質所致吧！相對地，我的臉上長滿了雀斑，膝蓋也滿是傷痕。在樹林裡、在河岸邊、在家門前的坡道上，我都常常跌倒。媽媽總是慌忙跑來，緊緊抱住痛得嚎啕大哭的我。說來不可思議，媽媽一抱，疼痛便消失無蹤。那時候真的好幸福。因為我總是到處亂跑，因為我想讓媽媽抱抱，所以我不知道跌了多少次跤；而媽媽總像是女兒發生了什麼大事似地匆忙趕來，替我擔心。

每天都像暑假一樣。我纏著洗衣打掃的媽媽玩耍，吃完飯後，敞開和室的門，在榻榻米上鋪上涼被，一起睡午覺，蚊香的煙霧裊裊上升。待我醒來以後，睡在身邊的媽媽通常已經不見人影，忙著做家事。現在回想起來，媽媽從來不曾對我說過「我現在很忙」；只要我提出要求，無論任何時候，她都會陪伴我。

家住深山裡，沒有上館子的機會，但是相對地，想吃什麼媽媽都會煮給我吃。某一天，我說我想吃在繪本上看到的烤雞肉串；在那之前，我從來沒有吃過烤雞肉串。媽媽把雞肉一塊一塊地串在一起，替我做了烤雞肉串。那是我有生以來第一次親眼目睹烤雞肉串。我不懂吃法，無法順利地把肉從竹籤上咬下來。爸爸和媽媽目不轉睛地看著我這副模樣，彷彿不願錯過女兒人生中的初次體驗。

住在深山裡的我們出遊的地點並不是遊樂園或購物商場，而是更深山裡的露營地。在晴朗的夏日，媽媽和我戴著寬邊帽，走過沉下橋，爸爸則是扛著一堆露營用具。

位於安居溪谷深處的水晶淵蔚藍得驚人，就連住在當地的我們看了都不禁倒抽一口氣。水十分清澈，甚至可以清楚地看見自己映在河底的影子。那種感覺就像是浮在半空中，讓我有些害怕。媽媽是個游泳高手，土生土長的她常誇耀自己每到夏天就像河童一樣天天游泳。她深知河川的樂趣，同時也絕不會在危險的日子去危險的場所游泳，更不會讓我這麼做。媽媽繞過浮在水上的我，當著我的面潛進水中；抓著泳圈的我不安地呼喚媽媽。媽媽，不要走。可是媽媽就像是沒聽見我的聲音似的，逕自在蔚藍的水中游走了。

某天傍晚，我在玩媽媽的智慧型手機，發現了一個奇妙的ＡＰＰ。啟動那個ＡＰＰ以後，出現了黑白並列的橫條紋。這是什麼？我指著畫面詢問身旁的爸爸，爸爸窺探畫面，歪頭納悶，呼喚正在準備晚餐的媽媽。

晚餐後，媽媽將我直拿的手機橫過來；橫過來以後，便可看出那是鋼琴鍵盤。我在媽媽的催促之下按下了其中一鍵，發出了「Do」的音。我帶著「有聲音耶！」的表情看著媽媽，媽媽也帶著「有聲音耶！」的表情看著我。那是媽媽使用的音樂製作ＡＰＰ。

直到那時候，我才環顧媽媽的房間，並發現了兩件事。架子上排列得密密麻麻的是老唱片、錄音帶和ＣＤ；把這些東西放進黑膠唱盤或播放器，接上擴大機以後，左右的揚聲器就會播放出音樂來。媽媽的收藏品相當完美，掌握了古典樂、爵士樂與搖滾樂的歷史重點。這樣的陣容齊聚於荒鄉僻壤的民宅之中所代表的價值與意義，當時的我完全不明白。

我在媽媽的房間裡逐一按下ＡＰＰ的鍵盤，記錄下來，並加以播放；只見每個音都照著排列的順序響起，即使輸入的音階雜亂無章，程式依然一板一眼地播放出來。這讓我開心極了，忍不住在椅子上蹦蹦跳跳。媽媽也笑了，溫暖的鎢絲燈光照耀著我們。

自此以來，我迷上了這個ＡＰＰ。我向媽媽借用智慧型手機，從早玩到晚；直覺性的操作方式簡單又好用。那並不是給小孩用的ＡＰＰ，有許多我看不懂的字眼與不知道的功能，但我依然沉迷不已。我一頭栽進了作曲這個刺激且新鮮的體驗之中。我作了好幾首曲子，試彈給媽媽聽；媽媽聽完以後，總是會用簡短的話語給我建議，比如這麼做會更好、那麼做是訣竅之類的。有時候，她還會拿出幾張收藏的唱片放給我聽，供我參考。媽媽並不是音樂家或作曲家，但是現在回想起來，她的每個建議都切中要點。這樣演練幾次下來，有一回，媽媽聽了我譜成的旋律，突然啊了一聲，並開始小聲唱歌確認；我詢問曲子如何，媽媽說還不賴。她說她看我譜曲的時候直冒冷汗，因為我把音符擺在一般不會擺的地方，她覺得這首曲子會以失敗收場，我的心血全會白費；然而，說來不可思議，待曲子漸漸成形以後，卻變得有模有樣了。我聽了以後，覺得好幸福，巴不得在地上打滾；即使媽媽又補上一句「大概是當媽媽的偏心吧！」，我還是好幸福。我作曲並不是為了給其他人聽，只要有媽媽這個聽眾就夠了。媽媽配合我譜出的曲子，一面用右手打節拍，一面柔聲唱歌。和朋友共組合唱團的媽媽歌聲嘹亮清澈，讓我怪裡怪氣的曲子變得好聽好幾倍。我很開心，和媽媽一起唱歌，但是怎麼也無法唱得和媽媽一樣好聽。

我和媽媽的幸福回憶就在這裡戛然而止。

接著，那個八月到來了。

之後只剩下痛苦的記憶。

小女孩的哭喊聲響徹了河岸。

一個小女孩被獨自留在沙洲上。

年紀大約四、五歲吧！看起來比我還小。

剛才天氣還那麼晴朗，不知幾時間，藍天已經消失無蹤，罩上了一層厚厚的烏雲。美麗平靜的河川在稍不留意之間變得一片混濁，水位暴漲，帶著流木以驚人的速度流動著。不難想像上游正下著豪雨。

在變成這樣之前，水流依舊清澈的時候，有幾個人在對岸嬉戲笑鬧，而現在他們則是在這一側的岸上呆呆地看著小女孩。他們穿著五彩繽紛的外出服，一看就知道不是本地人，而是來自大都市。小女孩的衣服也是我從未看過的鮮豔色調。來自大都市的這些人怎麼會遺漏小女孩那身鮮豔花俏的服裝？怎麼會忘了她的存在，自行回到這一側的岸上來？

在河邊戲水的朋友、家庭及享受釣魚或泛舟之樂的民眾全都束手無策，只能呆立原地看著這一幕。也難怪他們只能呆呆站著。湍急的水流分隔了小女孩與人群，大家都知道要救人沒那麼容易。某個大人正在用手機與某處通話，然而，只要是明眼人，都看得出小女孩所在的沙洲變得越來越狹窄，救難隊鐵定趕不上，因此大家愛莫能助，只能杵在原地。

我們只能在這裡聽小女孩嚎啕大哭嗎？

就在這時候，有人撿起了獨木舟旁的紅色救生衣，一面凝視著小女孩，一面穿上，走上前去。

是媽媽。

媽！我連忙抓住媽媽的衣襬。我察覺媽媽要做的事有多麼危險，滿懷不安地呼喊，死命拉住她，不讓她過去。媽媽蹲了下來，緊緊抓住我的手，對我說了一些話。我不記得媽媽當時說了什麼，或許是因為我在大呼小叫，聽不見她說話的緣故。

媽媽站了起來，甩開不肯放手的我，一面扣上救生衣的扣帶，一面往前跑去。我想追上去，卻被河岸的石頭絆倒了。即使如此，我還是立刻爬起來，對著媽媽的背影大喊。

不要去！

我想，媽媽大概沒有聽到我的呼喊吧！她確認小女孩的位置，繞到上游方向之後才下水，順著水流去救人。

開始下起小雨來了。

不知過了多久？周圍突然一陣騷動。小女孩被救上岸了。大人七手八腳地把渾身溼透的小女孩從河裡拉上來，而我則是在雨水拍打之下凝視著這一幕。眾人紛紛跑上前去，歡聲與哭聲交雜。沒事吧？睜開眼睛。太好了，幸好妳沒事……

那個小女孩身上穿著和媽媽一模一樣的紅色救生衣。

瞬間，我全都明白了。

媽媽不見了。

「媽……媽……！」

在哪裡？我左右張望，尋找媽媽。

到處都不見她的身影。

「媽……！」

遠處傳來救護車的警笛聲。小女孩裹著毛毯，被眾多大人抬離了河岸。

大家只顧著關心小女孩，沒有人發現我媽不見了。

「媽！」

只有我不斷地高聲呼喚。

一次又一次——

之後的事我記不清了。

即使接獲在下游找到媽媽的消息，我依然無法置信。直到許久以後，我才察覺媽媽平時使用的馬克杯緣缺了個口。

爸爸把從前替媽媽拍下的照片放進相框，擺在廚房角落，每天都不忘在旁邊供上鮮花。

鄰居在路上看到我們，都會特地和我們打招呼，陪我們談心，含淚鼓勵我們。

另一方面，在網路上，充斥著關於這樁意外的匿名留言。

〈在下雨天裡跳進暴漲的河川，根本是自殺行為。〉

〈聽說死者對泳技很有自信，不過河川和游泳池可不一樣啊！〉
〈為了救別人家的小孩而死，對自己的小孩太不負責了。〉
〈一發生意外，去河邊玩水就變得好悶，真討厭。〉
〈愛逞英雄去救人，才會變成這樣。〉

留言的人根本不了解實際狀況，大概到了隔天就會忘記自己留過什麼言吧！但是被留言批評的人卻永遠忘不了這種打擊。意外剛發生時，認識的人看到這類留言，都會義憤填膺地拿給我看。當時的我年幼無知，對於這些留言似懂非懂；然而，隨著年紀增長，我逐漸了解其中的含意，並為了這些無意識的惡意而痛苦不已。我尚未接受失去媽媽的事實，這些留言卻說得像是捨身救人的媽媽有錯，身為死者家屬，教我情何以堪？

而媽媽並未理會我，只是在廚房的相框中微笑著。

自那場意外以來，我似乎不再是從前的我了。

某天傍晚，為了回顧昔日的美好回憶，我來到開始堆積塵埃的媽媽的房間，站到椅子上，唱起和媽媽一起唱過的歌曲。

然而，當我開始唱歌，才發現自己完全唱不出來。聲音彷彿卡在喉嚨深處，出不了口。我的腦子一片混亂。心中似乎有什麼在抑制我唱歌。咦？為什麼唱不出來？淚水奪眶而出。

「媽。」

我喃喃說道。

欸，媽，為什麼我唱不出來？

從前我覺得唱歌那麼快樂，那麼必要，顯然是因為有媽媽聆聽。

然而，客觀看來，就算唱不出歌來又如何？並沒有任何大礙，不是嗎？即使唱不出歌來，也不會有人譴責我，人生依舊會繼續下去。

我上了本地的國中。連身裙制服讓我喘不過氣。

隨著升學，小學的同學大多去了市區，留在本地的學生連一半都不到，因此國中也是跨年級合班教學。

因為這個緣故，合唱練習時，是由副校長伴奏，全校學生一起唱歌。雖說是全校學生，其實也不過十三個人而已。由於僅有十三個人，一下子就被發現我沒出聲，只是在對嘴。副校長問我為何不唱歌，而我什麼也沒說。我以為會挨罵，但是副校長並沒有罵我，反而說從下次起我可以坐在旁邊看就好。如此這般，我獨自坐在音樂教室角落，看著大家練習。或許我看起來就像是個木訥寡言、有氣無力的少女吧！

不過，在我的內心，卻有許多難以言喻、無以名狀的情感漩渦。放學回家後，我忍不住走進媽媽的房間。刺眼的暮光從窗戶射進來。裝著不再使用的餐具和季節性家電的紙箱堆放在桌子上。這裡已經成了儲藏室。在那之後，已經過了好幾年，虛度了好幾年。

我從架子邊緣依序抽出唱片來聽。如此日復一日地聆聽，好不容易才讓激動的情緒平復下來。

然而，某一天的某個瞬間，我再也承受不住了。一回到家，我就走進媽媽的房間，坐在鍵盤前，迅速地攤開報告紙，拿起筆來狂寫一通，將胸中那些無以名狀的情感全吐出來。若不吐出來，我覺得自己快窒息了。我翻到下一頁，全神貫注地繼續寫下去。

——媽為什麼拋下我下水？為什麼沒有選擇和我一起活下去，而是選擇去救一個連名字都不知道的小孩？為什麼我孤伶伶的？為什麼？為什麼？為什麼——

我補上了紙，並用便利貼加以補充，寫了首長長的歌詞，又將湧上心頭的音階寫成了長長的樂譜；至於無法用歌詞或樂譜宣洩的情感，則是以繪畫的形式傾吐。漩渦有很多種，有的像是河面上的漩渦，有的像是吞噬一切的黑洞，有的像是頭頂上的窟窿。房間的地板被歌詞、圖畫與樂譜交雜的紙張淹沒了。

然而，突然間——

「…………！」

我回過神來，停下了筆。我察覺自己寫下的詞語、繪畫和音階是多麼沒有價值、沒有意義，多麼醜陋，多麼無謂。

我到底在做什麼？我打從心底感到厭煩。

我撕碎了紙，毫不遲疑地把剛才寫下的一切全數扔進老舊的不銹鋼垃圾桶裡。成疊的紙張看起來宛若剛吐出來的嘔吐物。

後來，我成了高中生。

我覺得自己同樣毫無價值，制服的領帶同樣讓我喘不過氣。我垂頭喪氣地走過沉下橋，去學校上課。

我考上了市中心的完全中學，編入了高中部。在那兒，我和兒時玩伴忍重逢了。

「鈴。」

「忍……」

小學時的忍和現在成了高中生的忍截然不同，他長高了，看起來十分耀眼。相較之下，我彷彿完全沒有成長，令我自慚形穢，不敢跟他交談。這些年，我究竟在做什麼？

從深山到市區上學，展開了新生活，可是我卻無心唸書。我辛辛苦苦才考上這所學校，上課時卻總是雙眼無神地望著窗外，即使我心裡知道不該這麼做。

我沒有加入任何社團，這樣的學生是極少數。

放學回家的時候，可以看見許多致力於社團活動的學生。田徑社在中庭列隊，練習跨欄；排球社在操場上跑步；耳朵上戴著節拍器的管弦樂社打擊樂手在走廊上彈查普曼琴；薙刀社在技擊場上正襟危坐，進行練習前的問候；還沒有背號的棒球社一年級生並排而立，目不轉睛地看著學長們練習。

不屬於任何地方的我快步走出了學校。

入冬了。

有條東西向流經市中心的河川，名叫鏡川；由於水流徐緩，河面就像鏡子一樣倒映出對岸的電視塔與大樓。我走過旁邊的道路，前往車站。

「哈哈哈哈哈……」

背著樂器箱的流行音樂社女生一面嬉笑，一面踩著輕盈的步伐追過了我，別在書包上的可愛貓咪布偶隨之搖晃。我別在書包上的是「咬牙硬撐丸」的便宜塑膠製吊牌。「咬牙硬撐丸」是一個用手抵著牆壁忍受痛苦的蛋型吉祥物，不知是不是因為忍過了頭，頭部有裂痕；想當然耳，一點也不可愛。

昏暗狹窄的走廊上。

「我不行啦！等等！」

我如此抵抗，然而——

「有什麼關係？」

我終究還是被拉進了房間裡，隔音門在背後砰一聲關上了。

「啊！」

那是個花俏的KTV包廂，粉紅色與紫色照明妖豔地旋轉著。我聞到了薰香的香味。聽說這是只有班上女生參加的同樂會，但是看到女生們站在沙發上搖頭晃腦的狂亂模樣，我覺得自己實在無法融入她們。

「佩姬蘇好可愛。」

「這個在『U』很流行耶～」

牆上的螢幕映出了『U』的當紅As佩姬蘇穿著黑色乳膠洋裝唱歌的身影。她是個銀髮搖曳的搞怪美女，抹著紫色口紅，還有一雙紅色眼眸。

佩姬蘇？『U』？As？流行？彷彿像是另一個世界的事。此時——

「來。」

麥克風突然遞到我面前，似乎是要我唱歌。

「咦？」

我困惑不已。我連大衣和圍巾都還沒脫下來耶……

「來。」

麥克風又遞向了我。為什麼要遞給我這種教室裡的邊緣人？

「大家一起唱吧！」

「欸，唱嘛！」

幾個女生的影子紛紛將麥克風塞過來。怎麼回事？

「難道就妳一個人不唱歌嗎？」

「唱不出來是騙人的吧？」

原來是這麼一回事啊！

幾十支麥克風接二連三地往我的臉上塞。

「嗚嗚嗚，嗚嗚嗚嗚！」

我想說好痛、住手，可是說不出話來。

「快唱。」

「欸，唱吧！」

「唱啊！」

她們的聲音帶有恫嚇之色。

「叫妳快唱聽不懂啊？」

「唱啊！」

「快唱！」

哇啊啊啊！

我忍不住大叫。

同時，麥克風紛紛彈開，散落一地。

在沙發上跳舞的女生們驚訝地看著我。她們一臉錯愕，鴉雀無聲。

「怎麼了？小鈴。」

麥克風和女生們的影子全都像幻影一般消失無蹤。

「沒、沒事。對不起，我先……」

話還沒說完，我便使勁推開KTV包廂的門，連滾帶爬地離開了。

或許是有人聽說我唱不出歌來，告訴了大家。

下了巴士一看，粉雪漫天飛舞。

走下巴士站的坡道，我險些滑倒。高知市內姑且不論，深山裡是會下雪的。走過沉下橋時，響起了薄冰破裂的聲音。混凝土橋面凍結了。

好冷。

我沒有圓滑到足以和大家打成一片的地步，也不懂得見人說人話、見鬼說鬼話；可是我又不夠堅強，不夠達觀，缺乏覺悟，當不了獨行俠。

不是我任性，唱不出歌來的謠言都是假的，我只是缺乏自信而已。我想和大家當好朋友，真的。我知道，我當然知道。所以……

「啊……啊……」

我在橋中央衝動地吐出聲音。

「啊啊啊……啊……啊啊啊……」

我吸了口氣，冰冷的空氣滲進了喉嚨；即使如此，我還是對著河川繼續唱歌。

「啊…………啊……啊啊啊啊啊……啊……」

唱歌？

這根本不是歌，只是乾嚎。書包從肩膀上滑落。如果我唱歌，大家就會原諒我嗎？如果我唱歌，就能跟大家成為好朋友嗎？在這種地方獨自唱歌也沒用。我的聲音活像快被壓扁前的臨死哀嚎，但我還是擠出聲音，唱著與媽媽合唱的那首歌。那時候好幸福，和現在完全不一樣。粉雪在水流中打轉，眼前突然變得一片漆黑。

胃部深處湧上一股嘔吐感，我連忙用雙手摀住嘴巴。

「嗚嗚嗚嗚嗚……！」

我跪了下來，無法抗拒來勢洶洶的逆流胃液，探出身子，朝著橋下的清流嘔吐。

嘔吐物滴滴答答地掉落水面，製造出幾道漣漪。

把胃裡的東西吐個精光以後，我倒在橋上。

頭髮變得亂七八糟，嘴巴裡都是胃液，好臭。我好痛苦，好想將一切化為烏有。我一面發抖，一面嗚咽，淚珠滲進了冰冷的臉頰，一陣刺痛。乾脆消失算了。粉雪重疊堆積的細微聲響從身旁傳來。就在這時候——

咘～

從書包裡滑落的智慧型手機收到了通知，是小弘傳來的訊息。

〈小鈴妳看，這太厲害了，好好笑。〉

她張貼了某個連結。

『U』

回到家以後，我打開了MacBook。

冷得瑟瑟發抖的我點下了小弘寄來的連結。

咘嗚嗚嗚嗚嗚……隨著這道如同波動般的聲音，『U』文字緩緩地浮上了漆黑的畫面。

「……『U』？」

螢幕的光芒照耀著我沾滿嘔吐物的臉龐。

邀請頁面出現，顯示了訊息。

『U』是另一個現實。

「As」是另一個您。

現實無法重來。

但是『U』可以重來。

來吧！活出另一個您。

來吧！展開您的另一個人生。

來吧！改變世界——

「…………！」

我看得出了神，把寒意全拋到了腦後。

放在旁邊的手機自行連動，啟動了ＡＰＰ。

MacBook 的螢幕上顯現了註冊畫面，寫著「ＮＡＭＥ」。

「名字……」

我躊躇不決，有點抗拒。然而，我的手卻違背心思，伸向了鍵盤。

「Ｓ」、「ｕ」、「ｚ」……

我用生硬的動作輸入文字。

「ｕ」。

瞬間，強烈的不安湧上心頭，我衝動地連按刪除鍵，刪去了文字，並像是關門一樣地闔上了 MacBook。

「…………」

我縮著身子發抖，嘆了口氣。

「我要坐在瑠果旁邊。」

我在中庭的長椅上發現了瑠果。

一群女生圍著瑠果擠在一起。再過不久就要升上二年級了，幾個要好的同學決定合照留念。

「我坐渡邊旁邊好了～」

「咦？好奸詐～」

「我要坐瑠果旁邊～」

我帶著憧憬之情，從挑空川堂的柱子背後看著耀眼的瑠果。我好羨慕可以和瑠果合照的她們。

「渡邊，看過來，要拍囉！」

在負責拍照的女生催促之下，瑠果看著前方；接著，她突然發現了我，朝著我大大地揮手。

「啊，小鈴～」

「咦？」

瑠果對著一臉錯愕的我招手。

「小鈴也過來一起拍嘛！」

女生們一齊望向我，臉上寫著「為什麼？」。我連忙躲到柱子後方，接著又略微探出頭來，舉起手掌。

「我、我不用了。」

但是瑠果不管三七二十一，繼續招手。

「快點、快點！」

事後，她們傳了照片給我。

以瑠果為中心，所有女生一起比出可愛V手勢的合照。

滿臉雀斑的我夾在其中。我站在瑠果的後方，像個背後靈一樣一臉尷尬地比著V手勢。

當我再次註冊『U』時，系統要求我提供大頭照；我沒有大頭照，也從來不曾用鏡頭對著自己。

因此我把這時候的照片拿來註冊。

臉部辨識標記出現在所有人的臉上。系統詢問哪個是您，我移動游標，選擇了瑠果背後的雀斑臉。

〈A．I正在自動創建新As……〉

畫面上出現了這段文字，還附加了〈As是什麼？〉的註釋。〈這是『U』對於頭像的稱呼方式，也是另一個您。〉

另一個您。

不久後，創建完畢的As顯示出來了。

「咦……？」

出現的是與我相差十萬八千里的美女As，和我一點也不像，反倒是和瑠果極為神似。

「瑠果？為什麼……」

A．I把旁邊的瑠果誤認成我了嗎？若是如此，這款人工智能未免太粗心大意了。有錯誤就要訂正。我立刻連按返回鍵。

「不對，回去、回去。取消……」

然而，連按按鍵的手突然停了下來。

As的雙頰上清清楚楚地描繪了紅色的斑點。

「雀斑……」

我忍不住摀住自己的臉頰。這不就是我的雀斑嗎？

「難道這是我……？」

我在註冊畫面的「ＮＡＭＥ」欄位上緩緩地鍵入文字，這次鍵入的不是「Ｓｕｚｕ」。

「Ｂ」「ｅ」「ｌ」「ｌ」。

「Ｂｅｌｌ」＝「鈴」。

「……貝兒。」

取好名字以後，眼前的Ａｓ突然顯得可愛起來。

畫面上顯示了「取消」與「ＯＫ」鍵，要我選擇。

「怎麼辦……」

要把這個美女當成自己，我實在沒那個膽量，不由得裹足不前。

然而另一方面，我又覺得即使與現實中的我相差十萬八千里，應該也無妨吧？網路世界原本就與現實相去甚遠，在社群網站上取浮誇姓名、用浮誇圖示的例子多不勝數。『Ｕ』是虛擬世界，Ａｓ是虛擬人格，而『Ｕ』素來標榜嚴格保護個人隱私與嚴密保障匿名性；既然如此，應該不會有人責怪我吧！

那就按下ＯＫ吧！可是下一瞬間，我又遲疑了。

別的先不說，為何『U』的A・I會把我的As創建成這樣的美女？只是不確定性導致的偶然嗎？還是它看穿了我隱藏在心底深處的真正欲望？又或者是……

「該按取消，還是OK？」

選擇的時刻到來了。

只有檯燈燈光的深夜書房。我坐在MacBook前，下定決心，緩緩地吸了口氣，調整呼吸。

——來吧！活出另一個您——

『U』的訊息在腦海中重新浮現。

「喀嗟！」

我按下了OK。

瞬間，彷彿早已做好準備似的，智慧型手機裡的『U』APP自動啟動了。聲調沉穩的廣播聲隨即傳來。

「請配戴裝置。」

我按照畫面上的指示，從盒子裡拿出耳機型裝置，塞進耳朵。

「正在讀取您的生物資訊……」

裝置上的『U』文字閃爍著藍光。光靠耳朵上的這個裝置，似乎就能掃描人類的各種生物資訊，而且在短時間內就能完成。

廣播聲宣告「完畢」。

接著，它又像是確認似地繼續說道：

「開始進行體驗共享。」

咘嗚嗚嗚嗚！物體高速旋轉的聲音響起，感覺猶如高密度空氣逐漸覆蓋了腦袋周圍。這種感覺似乎是裝置展開的強力磁場造成的。或許是受到磁場的影響，頭髮宛若處於無重力空間一般，輕輕地飄了起來。

「首先將視覺納入控制之下。」

磁場的觸感逐漸往後腦集中。

我微微地睜開眼睛。

「……啊啊啊……！」

耀眼的白光竄入了眼中。

是布條。

十幾公尺長的白布互相重疊，隨風翻飛。

我確認自己的身體，心下一驚。

我的腳浮在半空中。

廣播聲在四周迴盪，宛若來自天國的神諭。

「將其他認知功能與四肢的深部感覺納入控制之下。」

太驚人了。面對這樣的非現實空間，我說不出半句話來。全身不斷地冒汗，心臟撲通亂跳。

「將身體自主感與身體歸屬感轉移至您註冊的Ａｓ之上。」

後方似乎有什麼東西緩緩靠近。

粉紅色的頭髮。是剛才註冊的Ａｓ的「影子」。然而，臉部卻是一片平坦，就跟沒有盛放任何東西的盤子一樣白。

「……！」

目瞪口呆的我和無臉人——Ａｓ的「影子」逐漸重疊。另一個身體跑進自己體內的感覺好噁心。Ａｓ的影子宛若在對焦似的，前後移動位置，進行微調，隨即便完全吻合了。瞬間，剛才感受到的噁心感消失無蹤。

翻飛的白布彼端有扇白色大門。

我緩緩靠近，伸出了雙手。

廣播聲宣告：

「歡迎來到『Ｕ』的世界。」

我用雙手抵住大門，猛然推開。

砰！衝出外頭一看，是淹沒了整片視野的摩天大樓。

「啊……！」

在立體交錯的大馬路上，有許多人——不是人，而是As——浮在半空中，來來往往。動物、昆蟲或海洋生物模樣的As，花瓶、三角尺或腳踏車模樣的As，小說裡登場的半獸人、女神或戰士模樣的As……還有其他各式各樣的As，只要你想像得到，應有盡有。他們一面大聲交談，一面在空中穿梭。

仰望夜空，映入眼簾的並不是滿天星斗，而是從倒吊的摩天大樓的無數窗戶發出的光芒。

另一個現實，另一個世界。

這就是『U』嗎？

粉雪飄舞，涼意襲人。

我攤開雙手，想用掌心接住粉雪；此時，白皙的手臂與細長的手指映入了眼簾。

「……！」

肢體感覺的差異令我大吃一驚，忍不住確認自己的身體。

苗條的身軀與修長的雙腿被宛若初生的白淨洋裝包覆著。

這是我？

——活出另一個您——

『U』的訊息重新浮現於腦海中。

「…………！」

這時候，我感受到幾道視線，驚訝地望向前方。

只見人群之中，有幾個As正在看著我，但只是瞥了一眼而已，隨即便離去了，彷彿在說：「妳確實算得上美女，不過這裡可是『U』耶！這種程度的美貌在這裡一點也不稀奇。」

這樣正好。沒有人注意我，就可以做一直想做的事了。

我抬起臉來，大大地吸了口氣，試著發出聲音。

「——」

聲音確確實實是我自己的，而且比我預想的充沛許多。我試著讓鼻腔共鳴，哼歌暖身；比想像中的更為流暢。身體是虛擬的，所以聲音也被修飾過嗎？可是，我完全不覺得發出的聲音與自己的意識不同。還是因為掃描得來的生物資訊是正確的？

無論如何——

「我可以唱歌了……！」

這件事令我難以置信。

在粉雪紛飛的幻想氛圍之中，我的聲音在林立的摩天大樓之間重重迴盪。

不知我有幾年沒有好好唱過歌了？雖然有空窗期，而且沒做開嗓練習，還是能夠立刻發出印象中的聲音，實在很不可思議。我彷彿獲得了極大的自由，卻又有些害怕。生物資訊是如何變換、如何輸出的？As又是什麼？

無論如何——

「啊，總算可以唱歌了……！」

這件事令我歡喜不已。

我靜下心來，決定試唱有歌詞的歌曲。當然，現場沒有伴奏，但是我並不在乎。

貫穿的世界

想看這小巧旋律

歌啊　引導我

每早醒來　都在尋覓

沒有你的未來
我不要　也不願想像

當我唱歌時，翻譯成各種語言的歌詞化為一條條的帶子，環繞我的周圍。蓋爾語，泰語、波斯語……各種語言互相重疊。一旦偵測到歌聲，即使沒有設定，也會自動顯示出來嗎？雖然種類有限，還可以隱約聽到幾種語言的合成歌聲。或許是因為這個緣故

「唔……？」

原本對我視而不見的Ａｓ們突然回過頭來看著我。

「啊……？」

大樓街裡的眾多Ａｓ也紛紛停在空中看著我。我沒有這個意思。我只是想試試體驗共享技術的功效而已，可是聚集過來聽歌的Ａｓ卻出乎意料地多。一想到自己這樣活像虛擬世界的街頭藝人，就覺得很難為情。然而，我又不能唱到一半就不唱了。把歌唱完吧！這是為了我自己。我如此暗想，繼續高歌。

可是你已經不在　不知道正確答案

除了我以外　一切美滿
即使如此　明天依然會到來　歌啊　引導我

我已厭倦　大家都很幸福嗎？都心有所愛嗎？
孤伶伶的讓我不安

歌啊　引導我
無論發生何事都無妨

歌啊　陪伴我
愛啊　靠近我

對話框接二連三地從聆聽歌曲的As頭上冒出來。

〈這是什麼？〉〈誰在唱歌？〉〈好奇妙的歌曲。〉

起先似乎是在觀察情況，內文顯得較為慎重。

然而，後來就變得越來越不客氣了。

〈吵死了。〉〈這什麼怪歌啊？〉〈別裝模作樣了。〉

不知何故，七嘴八舌地說這些話的盡是看起來不像會說這種話的可愛Ａｓ；有的穿著輕飄飄的粉紅色洋裝，有的是小動物，有的則是抱著小熊布偶的小嬰兒。

〈長得倒是還不錯。〉〈那張雀斑臉是怎麼回事啊（笑）〉

各種竊竊私語在唱歌的期間飛來。別理他們，我是為了我自己而唱的。然而，這些閒言閒語還是令我難受。從我所在的位置，看得出說這些話的只是極少數的特定人，但我還是好難過。或許是我的心思顯露在臉上了吧！言詞變得更加毒辣了。

〈好噁心。〉〈閉嘴！〉〈別唱了！〉

我好不容易才在灰心喪志之前唱完了歌。

七嘴八舌的Ａｓ們嘆了口如釋重負的氣，哼了一聲之後，便離去了。

我只能抱著失落的心情目送他們遠去。

這時候——

「貝兒。」

有人呼喚我的名字，我望向上方。

「……啊！」

有個物體滑到了我身邊。

「咦？……啊！」

物體散發著閃閃發亮的鱗粉，下降繞了一圈以後，緩緩地停在我的手上。

那是個不可思議的Ａｓ，看起來像白色的妖精，又像天使，也像裸海蝶。

仔細一看，他的身體就像涼糕一樣纖細又透明。只見他一面緩緩地拍動雙手的翅膀，一面用生澀的口吻說道：

「妳、很棒、妳、很美。」

聞言，我心中寬慰不少。

「……呵呵呵，謝謝。」

當我醒來的時候，已經是早上了。

不知幾時間，我趴在床上睡著了。

昨晚的事是作夢嗎？要說是夢，似乎又太過逼真了。為了確認，我查看手上的智慧型手機。

上頭是我自己製作的個人檔案頁面。

那不是夢。

我望向貝兒的圖示底下，有個顯示跟隨者人數的欄位。

〈Bell 0 followers〉。

數字是零。

「一個跟隨者也沒有……」

我凝視著畫面，喃喃說道。「世界根本沒有改變。」

我並未期待，但還是有些失落。

此時，突然響起了通知聲：嗶！

跟隨者人數在我的眼前變成了「1」。是那個天使As。對話框冒了出來，但上頭什麼都沒寫，一片空白。

我放下智慧型手機，在床上躺下來，回想昨晚的事。發生了許多意料之外的事，不過——

「不過，我總算能唱歌了……」

這件事掃去了心中的陰霾。冬天的晨曦似乎比平時更加耀眼，已經很久沒有如此神清氣爽的感覺了。

接著傳來了第二封跟隨通知，是小弘。她用的是帶著圓帽的可愛鳥型As。

在「Re: 我加入了」的對話欄位中——

〈是我，弘。鈴（Bell）太棒了，要我做任何事都行。〉

這麼寫著。

流轉

而後，生活並沒有因為我在『U』註冊了貝兒而產生巨大的改變。跟隨者增加無幾，雖然每隔幾天就有被跟隨的通知，但是我完全沒確認，置之不理。我享受著無所憂慮的安穩生活，心滿意足，根本無暇理會虛擬世界的事。

到了春天。

早上，我走過沉下橋，不像從前那樣垂頭喪氣，而是看著前方大步邁進，別在書包上的「咬牙硬撐丸」吊牌也跟著跳來晃去。腳步輕盈得令我不禁懷疑自己是否也能跳著走路。那是種難以言喻的舒暢感。不過是在『U』唱了首歌，居然能讓我的心情產生這麼大的變化，連我自己都感到驚訝。

直到這時候，我才覺得自己總算變成了普通的高中生。

升上二年級以後，我專心地看著黑板上課。午休時間，我和小弘相約一起去福利社，在擠滿了學生的麵包賣場挑選種類繁多的鹹麵包。回到教室以後，小弘一面吃麵包，一面針對最近閱讀的書籍發表感想。人類史概觀與幾個重要轉折點，自由競爭與平等的矛盾，科學發展與人類精神的失衡，諸如此類。

放學的路上，我戴起耳機，聆聽喜愛樂團的新歌，獨自四處閒逛。我前往早就想去的甜點店吃霜淇淋，蹲下來撫摸在教會前曬太陽的白貓，沿著河邊一路欣賞傍晚的天空，踏上歸途。

晚上，我悠悠哉哉地泡了個澡，吹乾頭髮，換上睡衣，整理今天課堂上的筆記，預習明天的功課。

平靜無波的日子一天天地過去了。

不知不覺間，到了初夏。

我在反射著耀眼陽光的操場上跑步。當時正在上體育課，大家都是一面抱怨好累喔！好熱喔！我快吐了，一面懶洋洋地跑步，可是我心裡卻是快樂得不得了。平時上體育課總是鬱悶不已，現在卻大不相同。心情好輕鬆，要我跑多遠都沒問題。

揮灑汗水以後，回到教室，脫下運動服，換回了制服。今天的課程都結束了。放學後要去哪裡閒逛？清風吹動了窗簾。我打上領帶，把運動服收進包包裡，接著查看智慧型手機。有封「貝兒已被跟隨」的通知。我漫不經心地打開『U』APP。

〈Bell 32460428 followers〉。

上頭如此顯示。

「咦……？」

這是怎麼回事？

跟隨者人數已經突破三千萬。

而且還在我的眼前急速增加中。

為什麼？

粉雪紛飛的那一夜，貝兒清唱歌曲的影片在短時間內於世界各地大量播放，還有許多相關影片標記上傳。

「相關影片……？」

貝兒的簡單清唱被擅自添加聲音，調整和弦，改編成一般的流行歌曲。是誰？是誰做的？就在我如此暗想之際，又有人惡搞，用聲碼器將貝兒的聲音改成了機器人的聲音。我還來不及吃驚，風格又倏然一變，化為優雅的爵士樂團伴奏；而下一瞬間，又替換成充滿男人味的搖滾樂團沉厚嗓音。怎麼搞的？我瞪大眼睛，只見各種類型的編曲匆匆閃過。流行樂、弦樂四重奏、雷鬼、民謠、巴薩諾瓦、電音舞曲……橫跨各種音樂類型，運用高度的樂器演奏技術，套用到貝兒的歌聲之上。這些曲子彷彿是共同製作而成的一般，匯聚成一種意象，好似管弦樂團演奏的壯闊歌劇組曲。

不僅如此。

原本穿著簡素白色長洋裝的貝兒被換上了各式各樣的服裝，四處轉傳。每換一套衣服，貝兒的印象就產生顯著的變化。流行偶像風、歌劇歌手風、90年代頹廢搖滾風、運動風、20年代太妹風、男性化風格、動力裝甲、賽博歌德風、戰隊風、工作服、特攻服、自行車手風、ＵＦＣ格鬥風、銀翼殺手風塑膠衣、摩登和服、棒球制服……不勝枚舉。

棲息於『Ｕ』的無數Ａｓ透過對話框在全球各地發言。

〈這是什麼？好厲害！〉〈從來沒聽過。〉〈編曲玩得太過頭了吧！〉〈真的很會唱耶！〉〈有特色的美女。〉〈這首歌叫什麼名字？〉〈我上網搜尋也找不到！〉〈服裝的世界觀太瘋狂了。〉〈超好奇的。〉〈誰能跟我說明一下貝兒是誰！〉

隨著對話框增加，跟隨者人數也不斷地增加。

〈Bell 38641027 followers〉。

「貝兒」以足以稱為急遽二字的速度擴散開來。

此時，宛若要阻斷擴散一般，『Ｕ』的當紅Ａｓ佩姬蘇倚坐在高級沙發上，一臉從容地說道：

「貝兒？哦，我聽了一小段，根本沒什麼大不了的。對吧？」

活像個瞧不起學妹的學姊。

看了這段訪談影片，對貝兒持批判態度的As們聲勢倏然壯大起來，紛紛附和。

〈就是說啊！就是說啊！〉〈有夠刺耳的。〉〈只是個浮誇的美女。〉〈想賣弄性感嗎？〉〈低俗。〉

典型的網路酸言酸語開始了，對話框接二連三地冒出來，氣氛變得熱烈無比。

〈根本連作曲的基本都不懂。〉〈百分之百是靠編曲。〉〈歌曲和服裝完全不搭。〉〈歌詞也很小家子氣。〉

貝兒才剛在『U』裡出現沒多久，持批判態度的As們便毫不容情地抨擊她。

〈是想展現她的創作性嗎？〉〈明明都是靠別人，自己完全沒努力。〉

批判的對話框淹沒了畫面，增生至看不見貝兒影片的地步。

〈別小看音樂！〉

批判者異口同聲地大叫。

然而，這終究只是發生在一小部分人之間的事。

『U』比他們所想的更加遼闊。

〈可是……〉〈不知道為什麼，這首歌很吸引我。〉〈為什麼？〉〈為什麼？〉

為了避免使用者被假新聞、惡意、偏見或煽動性的偏激意見左右，『U』採用了現有的社群網路服務沒有的獨特強力驗證系統，以確保使用者能夠公平地看到各種意見。就像是在證明這一點一般，隨著時間經過，起初充滿「批判性」的貝兒評價漸漸逆轉為「肯定性」的評價。

〈我覺得像是為了我而唱的。〉〈就像是專程唱給我聽的一樣。〉〈不對，是為了我。〉〈不，是專為我而唱的。〉〈為什麼？〉〈為什麼？〉〈為什麼？〉

關於貝兒的各種言論、無數的圖片、無數的影片猶如鑲嵌畫的碎片一般聚集起來，眾多視窗互相組合，繪出了一幅巨大的圖畫。

那正是『U』的用戶的集體意識描繪出的「貝兒」。

她的背上有對大大的翅膀。

宛若降臨至『U』的閃耀天使——

「…………！」

面對超乎想像的事態，我瞪大眼睛，連眨了好幾次眼。

跟隨者人數超過三千八百六十萬……

臉部肌肉開始抽搐。

此時——

「妳知道貝兒嗎？」

聽了這道聲音，我暗自心驚，回顧教室。

只見幾個還在換衣服的女生正在談天說笑。

「當然。」

「那是誰？」

「是『U』的吧？」

「新星出現了——」

真的假的？沒想到迴響竟然如此即時地發生在身邊。我的心臟撲通亂跳，不知道該做何表情。我壓低身子，偷偷摸摸地走出教室；這麼做似乎反而顯得可疑，一個正在拉襪子的女生叫住了我。

「鈴？」

我逃也似地離開了教室。

走出高中校門，我匆匆忙忙地走向帶屋町的熱鬧拱廊商店街。

大事不妙。

大事不妙啊！

不好了，小弘！

我滿心焦急，從快走變成了小跑步。我實在無法獨自承受這些事。我跑到小弘家門前，一時煞不住車，跑過了頭，又立刻折返跑進玄關。

「午安！」

小弘的媽媽穿著充滿夏天氣息的蕾絲上衣出來應門。

「哎呀，小鈴。弘香在客廳裡。」

小弘家是本地的銀行世家，位於市內的正中心，是座古色古香的單層豪宅，有好幾間和室與西式房間。我啪噠啪噠地跑過木板長廊，衝進客廳。

「小弘！不好了！貝兒……」

融入茶室風格的客廳已經化成了小弘的工作室。矮几上擺放著與電腦主機相連的大型多螢幕，沙發和地毯上則是堆積如山的厚重精裝書與畫集。

「我知道。」

小弘把活像王座的皮椅轉過來對著我。

「現在已經打進了『U』的發燒音樂排行榜，如我所料。」

「不是啦！被罵翻了！」

我在河田小龍的屏風前半帶哀嚎地訴說。

小弘與我正好成了對比，一派冷靜地回顧在副螢幕上流動的社群網站。

「這也在我的預料之中，只是既得利益者怕了，故意搗亂而已。哼！清一色都是好話，正是只有盲目鐵粉的證據。小鼻子小眼睛。在『U』，沒造假的正反意見才能造就真正的明星。」

我抱住腦袋，苦悶地扭動身子。

「半、半數都在批評我嗎？我會死！我會死！我會死，我會死～～！」

「另外一半是肯定妳的啊！拿出自信來吧！」

小弘斥喝慌了手腳的我。

「獲得肯定的祕密是？」

「……和瑠果神似的外貌。」

「還有呢？」

「編曲惡搞的人。」

「還有呢？」

「小弘替我量身打造的服裝、舞蹈，還有……」

「不對～～～！雖然沒錯，但是不對～～～！」

小弘拍打大型螢幕。

「最大的祕密是『U』！『U』的體驗共享技術可以強制激發人的潛力，要不然妳一輩子都唱不了歌，只能像小孩一樣哭哭啼啼，埋沒才能。啊，對了，妳看這個。」

她遞出自己的智慧型手機給我看。

畫面上寫著「Who is Bell?」。

「尋找貝兒的……哇！什麼？尋找真身？」

「看到這些人牛頭不對馬嘴的推理，真的快笑死我了。只會條列全球知名人士，怎麼可能啊？呵呵呵！」

小弘發出了惡魔般的笑聲。

「一點也不好笑！」

「沒有人想得到貝兒的本尊居然是這種偏鄉裡的黃毛丫頭，呵呵呵呵！」

「好恐怖……」

我毛骨悚然地抱住上臂。

「這麼好玩的遊戲其他地方找不到了。我會把眼前這個滿臉雀斑的不起眼高中女生變成『U』的大明星的。咯咯咯咯！」

為了替貝兒定裝，全球各地的設計師As紛紛拿著衣服進行試穿。發號施令的是小弘的圓帽As，動作和小弘本人同步，小弘抖動肩膀竊笑，As也跟著抖動肩膀竊笑。

「啊，這可能會帶來龐大的收益，不過別擔心，我會匿名捐給各個慈善團體，連一毛也不會留下來。」

另一個視窗上的是弱勢兒童及虐童等各種社會問題的報導剪貼，看來小弘是真的打算一毛不留全捐出去。

我的視線停駐在角落的單親爸爸報導之上。上頭是個看起來很溫柔的父親與年紀似乎比我還小的兩兄弟。身在單親家庭的當然不只我一個人。如果貝兒成功了，他們是否也能獲得某種形式的金援？

貝兒站在鯨魚的頭上，以嘹亮的嗓音高歌。

啦啦啦
啦啦啦
想知道
永無止盡的愛
許下的魔咒
超越時空
從清晨到夜晚

啦啦啦
啦啦啦
好想了解你
半點不遺漏
時間不等人

即使殘酷的命運
無法抵抗的宿命
還無暇思考
隨著沙塵暴逼近
前程茫茫
我依然相信你
無所畏懼　踏出一步
走吧！

大家一起
朝著心跳聲作響的方向
走吧！
蹬響鞋跟
朝著怦然心動的方向
走吧！
大家一起
朝著心跳聲作響的方向
走吧！
蹬響鞋跟
朝著怦然心動的方向
跳上飛天鯨魚
在顛倒的世界裡盡情狂舞

「是貝兒！」「貝兒！」

Aｓ們抬頭仰望著她，齊聲呼喚她的名字。

〈貝兒是我們的新歌后。〉〈比起「Bell」，「Belle」這個拼法應該更適合她吧？〉

〈「Belle」？〉〈在法文中是「美麗」的意思。〉〈很適合並非盡善盡美的她。〉〈用個含蓄點的說法，「Belle」太棒了！〉

數千萬Aｓ的歡呼聲在摩天大樓之間迴響。

「貝兒！」「貝兒！」「貝兒！」「貝兒！」「貝兒！」「貝兒！」

貝兒的雙手在胸前交叉，又倏然攤開。

同時，圖形化的花朵從她的身體一齊散發開來。花朵從悠然游動的鯨魚上方散布到街道的每個角落。

貝兒高聲歌唱，彷彿在祝福所有人、所有現象與所有生命。

她的存在感變得如此強烈，那些批判性的Aｓ對話框完全失去了氣勢，傳入耳朵的只剩下嫉妒與怨懟。

〈身為專業音樂人，我無法容忍。〉〈風頭都被貝兒搶光了。〉〈根本是過譽。〉

〈完全無法理解她為何這麼受矚目。〉

佩姬蘇在自己的頻道上大肆抨擊。

「別開玩笑了！那種貨色居然在我之上？別鬧了！」

她甩動銀髮，宣洩怒氣。

然而——

〈是佩姬蘇耶！〉〈她已經完蛋了。〉〈過氣的人。〉〈她還在啊？〉〈老妖婆。〉

毒辣的對話框不斷增生，侵蝕了視窗。佩姬蘇臉色發青，試圖抑止增生，然而——

「啊？什麼？等等！好擠！住手！哇～～～！」

她的抵抗只是徒然，轉眼間就被對話框淹沒了。

小弘Ａｓ得意洋洋地叫道：

「繼續嫉妒吧井底之蛙！世界已經因為貝兒而改變了！炒熱氣氛！越熱越好！貝兒最棒～～～！」

她哈哈大笑，都可以看到嘴巴內側了。

「哇哈哈哈哈！」

而現實中的小弘也在大型螢幕前哈哈大笑。

「哇哈哈哈哈！」

此時——

「妳在笑什麼啦，弘香！」

小弘的爸爸在小弘背後盤起手臂，破口大罵。

身旁是一臉困擾的媽媽，用無奈的語氣說道：

「妳爸爸說這個房間不讓妳用了。」

嘹亮的女聲合唱響徹了校舍。

我的小學母校廢校了。

雜草叢生的荒廢操場成了停車場，停了好幾輛車；玄關的學童用鞋櫃裡空無一物，走廊上是堆疊的會議用長桌，學童畫的仁淀川地圖從牆上剝落。教室裡沒有課桌，只有三角尺、大型螢幕及防災安全帽等物品雜亂地堆放著；黑板上依然留著昔日寫下的「畢業」二字，彷彿時間就這麼停止了。體育館化成了儲藏室，擺放不再使用的樂器、鐵管椅與長椅，牆上掛著刻有畢業生面容的木製浮雕。1990年代為數不少的畢業生到了2010年代前半只剩下兩、三人，接著好幾年都只有一人（其中一個是我），之後就沒有浮雕了。

五個女性在體育館的舞台前高歌。

「Alle psallite cum luya（來吧！彈奏里拉琴唱歌）」。

Alle psallite cum luya

Alle concrepando psallite cum luya

Alle corde voto Deo toto, psallite cum luya

Alleluya

年齡從四十幾歲到七十幾歲，職業與人生都各不相同的五位強勢女性組成的合唱團，俗稱「聖歌隊」。體育館彷彿成了教會，歌聲響徹天花板。

她們唱完歌以後——

「……呼！」

便歇了口氣，開始檢討樂譜。

換句話說，這是練唱。這一天碰巧前來觀摩的某地方政府官員們略帶顧慮地鼓掌，町公所的導覽人員一臉尷尬地說明：

「像這樣，我們利用廢校來推行地區活動。接下來要請各位看的是這邊……」

並催促參觀者走向出口。

穿著絞染洋裝的喜多太太目送他們離去之後，用團扇猛搧風，轉換心情說道：

「在這種蟬聲大作的季節為了聖誕音樂會練唱，實在提不起勁來。」

這麼說聽起來似乎很悠閒，其實夏天的單獨音樂會才剛結束，之後還要參加音樂祭、前往公益團體現場演唱，每個月都是行程滿檔。各有工作的她們必須消化這些行程，而預定於年底舉辦的是下次的單獨公演。

從前媽媽也是這個聖歌隊的隊員，媽媽過世以後，我便遞補了她的位置。說是遞補，其實只是她們關心我，每次都會邀我一起練唱而已。無法唱歌的我總是躲在柱子背後，一面聽她們練習，一面用幾不可聞的聲音悄悄合音。這是身為「隊員」的我從小至今的參加方式。今天我依然躲在木琴底下，悄悄地用呢喃的音量合音。見狀——

「鈴！出來唱歌！」

穿著橘色無袖上衣的中井太太彎腰窺探我。我嚇了一跳，雙膝跪地，爬著逃走。

「不行，不行不行不行。」

「天底下哪有躲起來小聲唱歌的合唱團員？又不是鈴蟲。」

「我當鈴蟲就夠了。」

我從電子琴的縫隙間探出頭來，披著披肩的畑中太太說道：

「最年輕的人該站在中心唱歌。」

「不用了。」

留著一頭可愛白色短髮的吉谷太太盤起手臂，嘆了口氣。

「傷腦筋，現在的年輕人太沒野心了。」

「跟幸福背道而馳。」喜多太太說道。

穿著丹寧夾克、留著馬尾的奧本太太手扠著腰，這是她的習慣動作。

「妳媽一定也希望妳可以過上幸福的日子。」

「幸福的日子？怎麼過？」

我詢問她們。

「要怎麼做才能過幸福的日子？」

咦？女性們一時語塞。

「怎、怎麼做……」

奧本太太望向斜前方，眨了眨眼，略微思考。

「幸、幸福……」

畑中太太也無言以對，皺起眼鏡底下的眉頭。

「幸……幸福？」

喜多太太也一臉困擾地仰望天空。

「幸、幸、福……」

中井太太試圖用生硬的手勢表達著什麼（幸福？）。

實際上，她們過的是截然不同的人生。有的並未結婚，和伴侶長年住在一起；有的以工作為重，一直單身；有的是離過兩次婚的單親媽媽；有的一面照顧生病的伴侶，一面養兒育女——

其中最年長的吉谷太太環顧其他四人。

「老實說，我活到這把年紀了，還是不明白幸福是什麼。」

她把手放在胸口上，呵呵微笑。

聽吉谷太太這麼說，其他四人都僵住了，彷彿在說我們沒有資格談論幸福。

我從電子琴的縫隙間逐一環視她們。

見狀——

「……妳那是什麼眼神！妳在替我們打分數嗎？」

喜多太太橫眉豎目地說道。

「妳在想誰才是最正確的答案，對吧？」

畑中太太眼鏡底下的雙眸炯炯生光。

「要是有正確答案，我們也不會這樣無所適從了！」

中井太太大呼小叫。

好恐怖！

我把身子縮進電子琴後頭。

其實我也一樣無所適從。

我從渡廊俯瞰之前忍打一對一鬥牛賽的籃球場。球場上空無一人，只有一顆籃球。

我凝視著球場，難忘的回憶浮上心頭。

當時的情景是這樣的。

傍晚時分，六歲的我獨自蹲在地上不斷哭泣，沒有人想靠近我。就在這時候，忍拿著少年籃球賽用的籃球走了過來。他站著詢問：

「妳在哭什麼？」

「…………」

我沒有回答，只是繼續哭泣。

「為什麼不說話？」

「…………」

我沒有回答。

當時的情景我隨時可以想起來。這是段重要的回憶，我不知回想過多少次了。以後我應該也會時常回想，以免忘記吧！即使長大成人，變成像吉谷太太那樣的老婆婆，我也會一而再、再而三地回憶……

身旁有人，但是我渾然不覺。

「……鈴。」

直到聽見呼喚聲，我才察覺，驚訝地望去。

「……忍、忍？」

我不禁慌了手腳。我剛才是什麼表情？冷汗不斷地冒出來。我不想被他看到自己露出奇怪的表情。

「伯父過得好嗎？」

「不、不曉得，應該還好吧！」

「什麼跟什麼啊？鈴，妳有好好吃飯吧？」

「有、有啊！」

我再也受不了了，打算離開原地。

而忍握住了正要離去的我的手。

「？」

我心下一驚，抬頭望著他。手的觸感讓我臉頰發燙。

忍冷靜地問道：

「發生了什麼事？」

「……沒有啊！」

我忍不住低下了頭，不想讓他看到我的表情。

「有吧？」

「沒有啦！」

我撇開臉，但是忍卻堅持：

「給我看看妳的臉。」

「……不行。」

「沒關係。」

我就說不行嘛……雖然有些遲疑，無可奈何之下，我只能慢慢地將頭轉過來。

「…………」

忍用真摯的眼神望著我的眼睛。

「說說看？」

「…………！」

他的眼神令我倒抽了一口氣。我彷彿著了魔似的，無法將視線從他身上移開。

當時的他也是這樣的眼神。

年幼的忍蹲下來窺探我的臉龐——

「說說看？」

並如此說道。

他的眼神就和那時候一模一樣。

「…………！」

我沉浸於回憶之中而出了神。

就在這時候——

「啊……？」

我感受到了幾道視線。幾個女生察覺我們，一陣譁然。

糟了。

我連忙甩開忍的手，快步離開現場。

「……鈴！」

忍出聲呼喚，但我依然頭也不回，快步彎過走廊轉角。

我必須跟他說清楚。

我靠著轉角的牆壁，一面確認他剛才握住手的觸感，一面在口中練習。

「忍，我已經和小學時的我不一樣了，不再是需要別人操心的小孩了，所以……」

好好說出口吧！我下定決心，折返原路。

渡廊另一頭可望見忍的身影。

說吧！

然而，我的腳步在半途停了下來。

「……！」

瑠果就站在忍的面前。

她指著課本頁面，對忍露出開懷的笑容。那是種無人可以介入、光彩奪目的美，是受到全世界祝福的完美笑容。背後的女生們看著兩人，莞爾而笑。剛才她們明明是一陣譁然，現在卻是一臉安心。她們為何會有這樣的反應，其實我自己也很清楚。

「…………」

我把剛才想跟忍說的話吞了回去，藏進心底深處。

並若無其事地離開了現場。

邂逅

在赤道上閃耀的新月移動了，替『U』的世界帶來了微光。

如大河般綿延不絕的『U』的街道上人潮比平時更加洶湧，不可思議的高昂感瀰漫四周，每個人都顯得心浮氣躁。

無數的網路新聞以各種語言播放著。

「……再過不久就是『U』的標準時間20點25分，貝兒的最大規模演唱會即將在『U』的球形體育場舉行。」

『U』的街道基本上是由「摩天大樓（Skyscraper）」和「公園（Park）」兩種模組重複構成的，但還有其他幾種特殊模組，其中之一就是稱為「體育場（Stadium）」的球形模組。

「……據說全球同時收看的Asメ人數上看一億至兩億，以六個月內出現的新人而言，可說是前所未見……」

靠近球形體育場，便可看出那是由許多小單元的集合體聚集而成的球形建築物，穿過各單元的縫隙，即可進入內部。每個單元都有好幾扇窗戶，窗戶的形狀與智慧型手機畫面的形狀一致，可以看見裡頭的Ａｓ。那就是這座球形體育場的觀眾席。

無數的Ａｓ引頸期盼著演唱會開始。

開場時間到了。

隨著轟隆驅動聲，寬敞的球體空間慢慢變暗，單元互相併攏，縫隙變得越來越狹窄。不久後，一陣咚咚咚咚的巨大聲音響徹四周。單元的縫隙完全闔上了，空間被黑暗包圍，赤道般的紅線浮現於一片漆黑之中。

開場了。

音樂開始播放。

空間中心出現了一顆巨大的水滴。面對這個不可思議的光景，觀眾都屏氣凝神，翹首以待。

巨大水滴的表面因為表面張力而顫抖，內部則是開始散發光芒。水滴之中出現了幾個像昴星團一樣的閃爍光點，逐漸積聚光芒。

不久後，蓄滿光芒的水滴就和大爆炸一樣炸開了。

唰啊啊啊啊！大量的飛沫擴散至整個空間，而另一頭則出現了一個反射光芒的神祕物體。

那是以纖細的珠子組合而成的巨大洋裝，高達十幾公尺。

位於洋裝頂端的即是貝兒＝我。

「唔喔喔喔喔喔喔喔！」

Ａｓ們歡聲雷動。

觀眾席的無數窗戶釋放出馬賽克般的光芒。

在這些光芒的照射之下，構成洋裝的珠子變得五彩繽紛。那是色彩會隨著光線而變化的特殊珠子。從頭飾到高跟鞋，全都是由最頂級的設計師精心搭配而成，可說是最頂級的舞台裝。

我隨著光芒變化成各種顏色，在空間裡浮游。

巨大洋裝的各個部位宛若多段式火箭般分離。先從較大的部位開始，隨後細小的珠子也跟著一顆顆地分離。

這些珠子像海流一樣旋轉，化為虛擬海面的波浪。

此時，出現了三頭戴著頭戴式耳機的小鯨魚，慢慢地游動並依偎到位於中心的我身邊。

這些小鯨魚是為了這場演唱會而雇用的一流舞者。

其中一頭小鯨魚配合音樂用尾鰭拍打海面，掀起一道美麗的漣漪；另一頭也拍打海面，讓漣漪互相重疊；剩下的一頭則是用鼻子猛烈噴水。

接下來輪到我了。

我和剛才的小鯨魚一樣，隨著音樂擺動身軀，拍打海面，掀起了美麗的漣漪，又再次擺動身子，讓漣漪互相重疊，最後則是比照小鯨魚噴水，猛烈地衝出海面。

三頭小鯨魚再次加入，以精心計算過的隊形舞動。

而我在中心唱著歌。

光彩奪目的觀眾席閃光燈打到了洋裝上，讓珠子的色彩接連變化。

多美啊！

如果沒有眾多Aｓ的窗戶釋放的光芒，絕不會顯現出這些色彩。這是我、設計師和觀眾通力合作之下的成果，也是在複製為理所當然的數位世界中絕不可能重現的一次性藝術。

我高聲唱完了歌。

「喔喔喔喔喔喔喔喔喔喔……！」

Aｓ的如雷歡呼聲撼動了球形體育場。

觀眾席的閃光燈一齊消失，變回只剩紅色赤道的黑暗。第二首歌的前奏開始了，下一組布景——圖形化鋼筋從上下方滑過來。這場演唱會的製作人小弘Aｓ趁著轉暗之際溜到我身邊。

「貝兒最棒！進入下個階段吧！」

「嗯。」

小弘Aｓ丟出手上的布。那塊布在我的身體周圍啪噠啪噠地展開，變化為拼接洋裝。這件洋裝和珠子洋裝都是同一個設計師的作品，是用隨著光線變化的纖維編織而成的。

此時，突然響起一道怪聲：喀咚！

「啊……」

咚咚咚咚！球形體育場的縫隙微微地開啟了。

「誰？是誰亂開門的？」

小弘Aｓ怒吼。

有人從單元的些微縫隙間入侵；一人在前頭，後續則是一群Aｓ。他們沿著觀眾席單元高速移動，窗戶裡的觀眾顯然因為這個意外狀況而大為動搖。

小弘Aｓ怒氣倍增。

「快滾出去，混蛋！」

前頭的Aｓ似乎是在逃離後方的集團。

「是被人追趕嗎？」
那個Aｓ沿著球形體育場的赤道繞著外圍移動，追兵集團兵分兩路追趕。
「夠了！那傢伙到底是誰？」
小弘Aｓ仰望空中問道。
世界各地的智囊團立刻打出了對話框。
〈Lóng〉〈continuar〉〈龍〉〈naga〉〈Dragon〉〈اژدها〉〈Dreki〉〈Ejderha〉
「龍？」
〈棲息在『U』的醜陋怪物型Aｓ。〉
突出的雙角，長長的鼻尖，銳利的牙齒與爪子，特徵確實和龍一模一樣，給人的印象就像隻暴力的野獸。然而，衣領豎起的深紅色斗篷和從西裝衣袖探出來的白色花邊卻讓人聯想到貴族子弟。南轅北轍的特質同時存在的奇妙均衡感。從那長長的捲髮間隱約露出的銳利細眼給我一種神祕莫測的感覺。
另一方面，追兵統一穿著印有紅色條紋的白色戰鬥服，看起來活脫就是個正義英雄集團。
龍甩動斗篷急速上升，隨即又扭身急速下降，以變幻莫測的動作玩弄追兵，轉眼間便甩開他們，並主動攻向兵分兩路的其中一方。

帶領追兵的石面具Aｓ並不畏懼，直衝過去。
雙方劇烈地正面衝撞。
啪！迸出了劇烈的火花。
龍用眼睛無法跟上的速度出拳。
追兵就像碎石子一樣，啪啪啪啪啪地彈開了。
接著，他們發出了冰晶般的閃亮光芒，再也不動了；原來是檔案因為猛烈的毆打而損壞，陷入了當機狀態。
我目瞪口呆地看著龍。
「好厲害……」
「他是什麼來頭？」
小弘Aｓ詢問，立刻有對話框回答了這個問題。
〈幾個月前突然出現在『U』的武術館。〉〈從此以後不斷地更新連勝紀錄。〉〈可是戰鬥風格惡劣到了極點。〉
「怎麼個惡劣法？」
龍咚一聲跳到牆面單元上，改變方向，襲向剛才甩掉的另一個集團。他用迅雷不及掩耳的速度逐一打倒他們，完全不給對手逃跑的機會。

代表當機的結晶圖案四處浮現。

〈他會把比賽弄得亂七八糟。〉〈不斷攻擊直到檔案損毀無法使用。〉〈活像在發洩怨氣一樣。〉

我啞然無語地凝視著龍。

「啊！」

他那傷痕累累的背上有許多斑紋。

「那是……？」

〈故意炫耀背上的斑紋，有夠噁心。〉

對話框補上了這一句。

我仔細查看。

「斑紋好多……」

追兵集團不知幾時間又增加了。帶頭的雷鬼頭Aｓ伸出手指下令攻擊，十幾個隊員高聲應和，一齊上陣。

相較之下，龍勢單力薄，但依然毫不躊躇地迎擊。

龍以令人目不暇給的速度使出手刀。

追兵被他一一打飛。

「哇啊啊啊啊！」

啪！最後一人也被他一鼓作氣地撂倒了。

見隊友瞬間全滅，雷鬼頭Aｓ一陣愕然。

「嗚……嗚喔喔喔喔！」

他發出怪叫聲，朝著龍冒然衝去。

然而，龍隨即以膝蓋重擊他的臉孔，緊接著又是一記上鉤拳。雷鬼頭Aｓ被打得人仰馬翻。

小弘Aｓ興味盎然地問道：

「那些追兵是？」

〈賈斯汀的人。〉

「賈斯汀？」

〈他們的主張是維護『U』的正義與秩序。〉

有群Aｓ在不遠處俯視著下方。

他們和石面具Aｓ及雷鬼頭Aｓ一樣，都是賈斯汀軍團的幹部，看起來個個本領高強，極有正義之師的風範；其中一半是女性型。

小弘Aｓ見了他們，恍然大悟地說道：

「哼，所以才一副英雄樣啊！」

賈斯汀軍團紛紛拿起長槍、槌子、青龍刀等各種武器，團團包圍了龍。

喔喔喔喔！隊員們高聲呼喊，一齊攻上前去。

寡不敵眾，龍看起來似乎沒有勝算。

龍緩緩地交叉雙手。

並用驚人的速度劃裂空間，彷彿手上真的有把劍似的，將隊員們砍得傷痕累累。密集的軍團一齊往外彈開。

「哇啊啊啊啊啊！」

同時釋放出類似結晶的耀眼光芒。

面對如此壓倒性的強大力量，滿場觀眾都倒抽了一口氣。

龍背過身子，緩緩起身。

賈斯汀軍團的幹部們一陣愕然。

「居然這麼心狠手辣……！」

「有必要下這種毒手嗎？」

「你只顧自己，不管別人死活嗎？」

他們用正義之師的口吻齊聲譴責龍。

部分的觀眾Aｓ也跟著發出噓聲。

〈就是說啊！〉〈把貝兒的演唱會搞得亂七八糟！〉〈你要怎麼負責？〉

這些聲音不久後便擴散到整座球形體育場。

〈向貝兒道歉！〉〈把時間還來！〉〈滾出這裡！〉〈滾出去！〉

整個空間被異樣的空氣包圍。我環顧體育場，幾乎所有的在場Aｓ都朝著同一處發出地鳴般的猛烈噓聲。

獨自站在中心的龍。看在我的眼裡，他背上的斑紋就像過去遭受無數噓聲而留下的傷痕。

我忍不住開口詢問：

「你……」

龍緩緩地回過頭來，用銳利的視線盯著我。

「…………」

「你是誰……？」

這個不成問題的問題脫口而出。

龍終於開了口。他的聲音很模糊，就像是裝了濾波器。

「……不要看。」

「咦……？」

「不要看我。」

從捲曲的頭髮之間露出的眼睛之中帶有拒絕之色，我無法繼續追問下去。

這時候——

「龍！」

銳利的聲音響徹球形體育場。

一個男人昂然而立。

「不能饒恕……絕不能饒恕！不打倒龍，『U』的和平不保！」

他盤起手臂，高聲說道。

「那就是團長？」

小弘As詢問。

〈對，他就是賈斯汀。〉

那是個有著一頭衝天金髮的碧眼As，肌肉結實的身軀給人剽悍的印象，身上的白色戰鬥服則是令人聯想到高尚的人格，正適合勇者、英雄、大丈夫、正義使者、救世主之名。

賈斯汀豎起自己的右臂，指著手腕上的紋章。

「看！」

紋章在光芒的包圍之下巨大化，化為長了翅膀的金屬製獅頭。在手動操作之下，寶石般的透鏡體從獅子口中冒出來，看起來活像大砲。

賈斯汀舉起大砲。

「這就是維護『U』的正義與秩序的真實之光！我們一定會把這惡龍揭紗！」

他用響徹整個『U』的宏亮聲音如此宣布。只見印有企業名稱的廣告橫條接二連三地飛來，堆疊在他的身後；支持他的活動的似乎就是這些贊助企業。

小弘Aｓ瞪大眼睛，指著橫條說道：

「妳看，居然有這麼多贊助商！」

「揭紗？」

我問道。

「Unveil。」

小弘Aｓ回答，擺出遊戲捉迷藏的手勢。

賈斯汀舉起右手瞄準，透鏡體內部像馬賽克一樣閃閃發光。

粒子凝聚，散發出綠色光芒。

砰！

光束劃裂了黑暗，一直線朝著龍飛去。

龍以毫釐之差閃開了光束。

賈斯汀的右手再度凝聚粒子，接連開了兩砲。

龍保持充分的距離，慎重閃避，似乎相當提防這種未知的光束。

「唔……」

賈斯汀放下右手，兀自沉吟。距離太遠，細長的光束難以打中在遠處移動的目標。

「關門！」

他發號施令。

接獲指令的幹部往四面八方散開。隆隆隆隆隆！只見單元的縫隙隨即開始移動，間隔逐漸縮小。

「咦……？」

光線也隨之消失。喀噹！隨著完全關閉的聲音響起，球形體育場陷入了一片黑暗之中。

幹部們手上的探照燈一齊亮了起來。

照耀著位於光線交錯中心的龍。

「你逃不掉了，龍！我要當場揭穿你醜陋的本尊！」

賈斯汀的宣言讓觀眾席鼎沸不絕。

「喔喔喔喔喔喔喔喔！」

現場觀眾完全支持賈斯汀。

小弘Ａｓ也同聲附和。

「好耶！上啊上啊～～！」

本尊？揭穿？做得到嗎？

我如此暗想。

剛才賈斯汀說要「用維護『Ｕ』的正義與秩序的真實之光（就是那道綠色光束）將惡龍揭紗」，這句話指的應該是「揭穿現實中操控惡龍的人是誰」吧！這代表要揭露受到『Ｕ』的資安系統平等保護的個人隱私。就我的理解，他所說的「揭紗」就是這個意思。

對象是被全世界厭惡的龍，所以大家都可以接受；不過，若是立場顛倒過來呢？答案可就不同了。誰都不願意被揭紗。這種事不該發生吧？資安的保障不是該一視同仁嗎？

幹部們拿著探照燈步步逼近龍。

龍用手擋光，似乎厭惡刺眼的光暈；然而，幹部們毫不容情地用強光繼續照射，龍因為炫目而動彈不得。
賈斯汀從遠處慎重地瞄準。
探照燈雙面夾擊。光束要擊中停止移動的龍，似乎易如反掌。
咕嗚嗚嗚……大砲的透鏡內部閃閃發光，光束逐漸凝聚。
「幹掉他！」
小弘ＡＳ搖旗吶喊。
一旁的我則是目不轉睛地凝視著龍。
「………」
龍似乎察覺了，抬起頭來仰望我們。
我和他四目相交，心臟猛然一震。
「啊？」
龍從縮小的探照燈中心一躍而起，跳向我們。突然失去龍的蹤跡，探照燈困惑地搖曳著。
「唔！」
見狀，賈斯汀暫且放下大砲，隨即又迅速舉起，連續開了兩砲。
然而，龍躲過了砲火，高速上升，筆直地朝著我們衝來。

「啊啊啊啊！」

我和小弘Aѕ懾於他的壓迫感，驚慌失措，動彈不得。

龍以猛烈的速度逼近。

會撞上！

「呀啊啊啊！」

我大聲尖叫。

然而，龍與我們擦身而過；下一瞬間，一陣劇烈的颶風捲起，龍順勢上升，一個翻身，降落到布景鋼筋之上。

小弘Aѕ勃然大怒，仰頭叫道：

「別鬧了王八蛋！要是傷到貝兒怎麼辦？」

龍抓起一根鋼筋，再次逼近我們。

「啊！」

小弘Aѕ和我嚇得縮起身子，而龍以猛烈的速度與我們擦身而過。

目標是賈斯汀軍團的幹部們。

「哇啊啊啊啊啊啊啊！」

軍團幹部們高聲慘叫，扔下探照燈，四處逃竄；龍高舉著鋼筋，彷彿在說一個也別想逃。

探照燈的光芒消失了，四周再度被黑暗包圍。

只有殘酷的毆打聲與幹部們的痛苦哀嚎響徹周圍。黑暗中發生了什麼事？看不見的恐懼支配了現場。

賈斯汀忍無可忍，大叫：

「把門……把門打開！」

就像是遵從他的指示一般，球形體育場的縫隙逐漸開啟。

變亮以後，映入眼簾的是被打倒的幹部們動也不動的悲慘身影。

龍在短短時間內便讓多名Ａｓ陷入了當機狀態。

壓倒性的強大力量。

賈斯汀表情僵硬地往後退。

「不能……絕不能就這麼算了……！」

龍放開手上的鋼筋，雙腳一蹬，飛上天空。

我用眼睛追逐著他。

賈斯汀立誓復仇，大叫：

「我一定會把那傢伙揭紗！」

龍充耳不聞，從屋頂板單元的縫隙間飛出了體育場，消失無蹤。
我凝視著已經空無一人的天空。
「你……是誰……？」

探索

我每天都會帶著福加去散步。

從家門口走下坡道，到仁淀川邊漫步。走過沉下橋，回頭一看，朝陽照耀著村子。雖然是司空見慣的風景，卻會因為新綠、紅葉、水量、雲彩的位置、霧氣的濃淡、光帶的有無、悶熱、寒冷等因素而有些微的改變，每天都有不同的美。我出神地望著這幅美景。

待我回過神來時，發現福加正目不轉睛地看著我，要我陪牠玩。

福加雖然缺了右腳尖，但是牠並不在乎，照樣跑跑跳跳，用腳泡水。見牠這副模樣，我稍微鬆了口氣。

回到家以後，我拆下牽繩，餵福加吃飯；吃完飯後，我在緣廊替牠擦腳，放牠進屋。我一面把布折好，一面對福加說道：

「那我要出門囉！」

爸爸來到車庫，小心翼翼地詢問：

「鈴……要在家吃晚飯嗎？」

我背起書包，搖了搖頭，並未正眼看他。

「…………」

「我做鹽烤鰹魚給妳吃吧？」

我又搖了一次頭。

「…………」

「是嗎……？好吧！」

說著，爸爸坐上了車，出門工作去了。

每天早上，我和爸爸都會進行這種尷尬的對話。

我快步走過沉下橋，滑動智慧型手機畫面，瀏覽新聞。

上頭寫著〈貝兒演唱會意外中止〉。

「唉，真對不起大家……」

大家那麼期待，我卻沒能唱完，真的很過意不去。下次我得好好加油，準備得更加周全，讓大家盡興而歸……就在我如此暗想之際——

「啊！」

我被橋面上的坑洞絆著了腳，往前撲倒。「哎呀！」我連忙揮動手臂，奮力踩住腳，但還是來不及，整張臉栽到了地上。

「嗚！好痛……！」

我的額頭變得又紅又腫。

掉在地上的智慧型手機裡的貝兒額頭也出現了撞傷般的紅色痕跡。是裝置偵測到了炎症反應。

『U』的體驗共享技術透過生物資訊，將我和貝兒連結在一起。

「那不是貝兒的錯！」

連走廊上都聽得見小弘的尖銳叫聲。

「錯的是龍！他最好被揭紗！」

早上額頭的紅腫到了下午似乎消退許多了。我一面檢查，一面說道：

「他為什麼要做那些惹人厭的事？」

「只是想要帥而已吧？」

小弘就像是在洩憤似的，用力在白板上寫上物理習題的答案。這個習題是物理的寺田老師為了測試學生而刻意留下的，而小弘接受了這個挑戰。

「說不定有什麼理由。」

「他只是在裝腔作勢啦！」

「是嗎？」

我對於這個答案發出了難以信服之聲。

「那就由我們親手揭穿他的真面目吧！」

小弘寫完答案以後，在旁邊用力畫了兩條斜線，彷彿在說無論什麼樣的難題都難不倒她。

走出教室時，我遇見了頭慎。

「哦，小鈴。」

「咦？頭慎，你的背包怎麼那麼大啊？」

頭慎背著一個大背包，活像要去露營似的。

「我正要遠征。」

「遠征？」

此時，小弘用登山背架背著裝了物品的大紙箱，勉強穿過教室門口。

「咦？別役也要遠征啊？」

「別把我跟你混為一談！」

我和小弘離開學校以後，坐上了火車。

小弘把龐大的行李放到座位上，從托特包裡拿出 iPad，開始說明。

「『U』的As因為有裝置隨時掃描本人的生物資訊，所以一個人無法同時擁有兩個As，這是前提。」

「嗯。」

「然後，我找遍了網路，除了七個月前出現在『U』的武術館這個事實以外，完全沒有國籍年齡性別等其他紀錄。」

「所以無從找起？」

「本人確實是無從找起。不過，過去的對戰對手是誰倒是有留下紀錄。」

「原來如此。」

「龍在七個月間的戰績是369勝3敗2平手。這374個對戰者幾乎都有公開與『U』綁定的社群網站。一個一個打聽，或許能找到什麼線索。」

我們下了火車，轉乘巴士。

在巴士站下車，沿著仁淀川步行片刻，走進夏意盎然的山裡，便可抵達我的小學母校；就是聖歌隊用來練唱的那所廢棄小學。

我叫小弘先上二樓。行李看起來很重，但她穩穩地踩著樓梯，獨自快步上樓。

因為人口外流及人口減少而廢校的學校不是就此棄置，就是被當成儲藏室使用，逐漸生鏽；不過，其中也有蛻變為體驗設施或住宿設施的例子。值得慶幸的是，這裡也被改為地區活動中心使用。我在櫃台填寫教室借用申請書。

「我要借用自習室。」

櫃台人員對我說明注意事項。備品基本上可以自由使用，但是有其他人要用的時候，請輪流使用；遇上大地震等災害時，各個房間裡都備有防災用安全帽，請戴上安全帽避難，諸如此類。

聽完說明以後，我走上了二樓的教室。

「……啊！」

我不禁瞪大眼睛。

以大型螢幕為中心的多螢幕逐一開啟，看起來活像祕密基地。小弘把這些不再使用的學校備品接上了她裝在紙箱裡帶來的高性能大型電腦主機。在我借用教室的短暫時間內，小弘家客廳裡的系統環境便整個轉移到這裡來了。

「好厲害……！」

我忍不住低聲讚嘆。

小弘得意洋洋地露出了潔白的牙齒。

「嘻嘻嘻嘻！」

主螢幕的世界地圖上顯示出374個對戰者。

小弘Ａｓ詢問他們：

「請教和龍對戰過的各位，他到底是什麼來頭？」

費城附近跳出了一個圖示，是虎面肌肉摔角手風Ａｓ。

〈神祕的存在。可以確定他不是Ａ．Ｉ。〉

圖示翻轉過來，出現的是個和Ａｓ的形象截然不同的苗條青年，手上還抱著一隻貓。他以真面目示人，爽朗地說道。

法國多佛海峽附近跳出了渾身肌肉的綠色妖怪鬥士Ａｓ。

〈攻勢凌厲，性格惡劣。〉

圖示翻轉過來一看，真實面貌是個活潑開朗的金髮年輕女子。

印度孟買附近，某個神鳥迦樓羅風Ａｓ歪頭納悶。

〈不知道他下手幹嘛這麼狠？〉

他的真實身分是個戴著眼鏡、看起來很優秀的年輕醫生。

中國深圳附近的岩石人Ａｓ說道：

〈我是最初期的對戰者，當時他身上的斑紋沒有現在這麼多。〉

他的真實身分是個感覺很和藹可親的中年警官。

「這麼說來，是隨著對戰增加的？」

我對著畫面詢問。

小弘從所有對戰者中挑出勝利的三人。

「請教三位少數的贏家，你們是怎麼打贏龍的？」

〈他突然開始隨便亂打。〉

洛杉磯的青年回答。

〈心思好像跑到其他事情上了。〉

莫斯科的三十幾歲女性也發表評論。

當然，並不是所有對戰者都公開了自己的所在位置。第三位贏家的圖示是從個人檔案不明者的群體之中跳出來的。

「啊，天使……」

是在下著粉雪的那一夜鼓勵貝兒的天使型Ａｓ。

「你呢？有什麼情報嗎？」

面對小弘的問題，天使Aｓ默默地打出了對話框。

〈…………〉

然而，對話框隨即又和圖示一起從畫面上消失了。

「啊……」

走掉了，似乎是因為小弘的語氣有點凶才嚇跑的。小弘焦躁不已。

「真是的！沒人知道什麼小道消息嗎？」

〈不清楚。〉〈不過，搞不好是那傢伙。〉〈那傢伙啊？〉〈畢竟斑紋很像。〉

接連冒出來的Aｓ七嘴八舌地說道。

「那傢伙是誰？」

幾個連結浮現，小弘點了其中一個。瀏覽器開啟，顯示出圖片搜尋結果。

那是個眼神凶惡、雙眼發直的年輕白人男子。

「名字叫做耶利內克（Jelinek），是默默無聞的現代美術藝術家。」

挑染的黑色長直髮確實充滿藝術家氣息。

接著移動到網站。

首頁刊登了本人展示蒼白皮膚上刺青的照片，彷彿那是他的作品似的。的確，他的刺青和龍的斑紋無論是形狀或顏色都驚人地相似，位置也同樣在背部。

網站上也嵌入了社群網站的照片。自己的畫作、疑似女友的戴眼鏡女性……這些倒也罷了，不知何故，居然還有撞得稀巴爛的汽車車禍現場及墓碑並排的墓地。幹嘛給別人看這些東西？怪恐怖的。

「他是在六個月前刺下以斑紋為設計意象的全身刺青的，和龍的登場時期正好吻合。在那之後，他的作品價格一口氣漲了二十倍。」

聽了小弘的調查報告，我兀自沉吟：

「很可疑……」

我絕不想和這樣的人說話，也不想扯上關係。

「啊！」

「唔？」

「有經紀人的聯絡方式。」

「咦？」

「直接問本人吧！」

「咦？真的假的？等等！啊！」

我還來不及喊停，小弘便按下了視訊聊天的通話鍵。呼叫聲響起。啊，該怎麼辦？

我剛才還在想，絕不想和這樣的人說話耶！

透過經紀人，耶利內克出現在視訊聊天室裡。我們這裡是稍晚的下午，對方那裡則是晚上。

『我無話可說。』

耶利內克在工作室裡一臉不快地說道，即使隔著自動翻譯的語音，也可聽出他的焦躁。他穿著滿是顏料的圍裙，手上拿著沾了顏料的刷子，似乎正在作畫。從T恤袖子底下露出的刺青圖案確實和龍的斑紋頗為相似。

變聲過後的小弘直接了當地問道：

「刺青的意義是？」

『妳們是誰啊？』

「昨天晚上，你人在哪裡？和誰在一起？在做什麼事？」

耶利內克大呼小叫，小弘卻是一派冷靜。

螢幕自動切換為雙畫面模式，以特寫方式呈現出我們的模樣。戴著防災安全帽和大口罩，瀏海蓋住眼睛，雙手在鼻子前交握，來歷不明的詭異女子二人組。也難怪他如此動搖。

耶利內克忍無可忍地搖頭，一怒之下，用手掌擋住畫面。

『鬧夠了沒！』

「為什麼不敢說？」

『囉嗦！』

啪！畫面中斷了，顯示出「已退出聊天室」文字。

我們拉下口罩。小弘喃喃說道：

「他一定在隱瞞什麼。」

剛才的聊天過程以慢動作重新播放，特寫著擋住畫面的耶利內克那副凶神惡煞的表情。

隔天，我們同樣在廢校的自習室裡搜索世界各地。

我沖泡從家裡帶來的紅茶，並罩上茶壺保溫套保溫。小弘手拿著杯碟，一面喝紅茶，一面詢問世界各地的Ａｓ。

「有沒有其他有嫌疑的人？」

〈不曉得。〉〈不過有性質很相近的人。〉〈和他一樣惹人厭。〉〈動不動就說自己受到傷害。〉〈搞不好真的是她。〉

「是女性？」

我抬起臉來。龍不見得是男性。

小弘立刻開始搜尋圖片。

出現了一個獐頭鼠目的肥胖亞洲中年女性。

身穿毛皮大衣，戴著大墨鏡，像在威嚇似地露齒而笑。

「她的名字叫做『斯旺（Swan）』，在各個社群網站都有好幾個帳號，常會留言糾纏別人，刻意引戰，或是說些腦袋有洞的話，口頭禪是『我受到傷害了』。這種不把人逼到無路可退絕不罷休的偏執確實是『怪物』。」

她在社群網站的留言截圖接二連三地冒了出來。英文、中文、馬來文……不知何故，雖然看不懂，卻感覺得出上頭寫的是些很過分的話語。

「真恐怖……」

「啊，發現會議室ＩＤ。」

「咦？」

「我要連了。」小弘一面鬆開制服的領帶，一面說道。

「等一下！等一下等一下！」

我放下紅茶，慌慌張張地環顧四周，尋找可以隱藏臉孔的東西。今天手邊沒有安全帽！小弘動作俐落地綁起頭髮，戴上黑框眼鏡，甚至還塗上口紅，但我什麼也沒有。糟了！呼叫聲開始作響。哇啊！

視訊畫面映出了斯旺。

那是個氣質優雅、談吐溫文的女性，和剛才的網路圖片完全不一樣，甚至給人一種含蓄的印象。黑髮，銀框眼鏡，無袖洋裝的顏色雖然花俏，卻不至於引人反感。挑高的寬敞客廳深處有個足以容納二十人入座的長型餐桌組，上頭擺放著玻璃杯、餐具和鮮花。

斯旺露出柔和的笑容，說道：

『那一天是生日宴。』

「生日宴？」

化裝成編輯的小弘反問。

『對，外子的。當時準備得很辛苦，不過女兒也有幫我烤蛋糕。』

「啊，我現在正在看您的社群網站。」

『哎呀！』

社群網站上張貼了兩個年幼的女兒展示剛出爐蛋糕的照片。往下滑動，還有鬍子修得整整齊齊的瀟灑父親與抱著他的兩個女兒的合照。

「你們一家人感情真好。」

『話說回來，採訪主題是「理想主婦」，找我真的沒問題嗎？』

斯旺面露顧慮之色，小弘用令人煩躁的生意人口吻奉承道：

「不不不，我們希望讀者也能分享您的幸福。細節敲定了以後，我會再聯絡您的。」

視訊連線切斷了。

把茶壺保溫套套在頭上躲起來的我鬆了口氣，抬起臉來。

「她看起來一點也不像是很恐怖的人……」

小弘一面解開頭髮，拿下耳環，一面說道：

「剛才她說的全是謊話。她既沒有丈夫，也沒有女兒，蛋糕是外送的。」

「咦～？」

「她家門口的監視器這幾個月來只拍到 Amazon 和 Uber Eats，社群網站上的照片也都是在庫存照片網站買的。這張、這張和這張都是。」

剛出爐的蛋糕，兩個年幼的女兒，瀟灑的父親……獨自住在那種大房子裡的有錢人在社群網站上偽裝自己有家人。

我的背上開始發毛。

「好恐怖……為什麼要這麼做？」

斯旺持續在世界各地的社群網站用各種語言留言：

〈You hurt me.〉〈你傷害了我。〉

小弘冷靜地分析。

「沒有不在場證明，攻擊性又很強。如果這些留言指的是那些斑紋的話……她就是龍。」

傷害……龍背上的斑紋……該不會……

匿名留言板的「尋找龍的真身討論串」中匯聚了各種真假不明的情報。

〈賈斯汀的人是課了多少金才拿到揭紗道具的？〉

〈白癡，不是課金，是系統有漏洞吧？〉

〈話說回來，為什麼他們擁有比一般用戶更高的權限？〉

〈『Voices』大神，請快點修正。〉

〈把龍揭紗以後再修正吧！〉

加州的安那罕球場。

牛羚隊（Wildebeests）的外野手福斯（Fox）站在右側打擊區裡，球棒正中心對準了球，大棒一揮，把球高高地打了出去。

「喔喔喔喔喔喔！」

觀眾發出了狂熱的歡呼聲。

「去年的世界大賽也有出場的大聯盟強棒福斯。他雖然是當紅炸子雞，但是有傳聞指稱他其實隱藏了一個天大的祕密。」

資深棒球評論家說道，彷彿在炫耀剛買進的貨品。

「傳聞？」

長壽節目的主持人豎起耳朵，催促棒球評論家繼續說下去。

打出全壘打的福斯仰望著天空，那張豪邁的鬍鬚臉映在攝影棚的大型螢幕上。

棒球評論家像在說悄悄話似地放低音量說道：

「平時充滿紳士風度的他其實隱藏著火爆浪子的另一面。」

螢幕上的畫面從飛身撲球的動態照片轉為球隊的練習情景。隊友都是穿著運動衫談天說笑，皮膚直接曝曬在強烈的日照之下，唯有福斯一個人穿著長袖連帽上衣，戴上帽兜，不和任何人交流，默默地跑步。這張照片極度凸顯了他的特立獨行。

棒球評論家繼續說道：

「據說他在練習時絕不脫掉上衣，是因為衣服底下有好幾個大傷疤。」

「咦～～～」

攝影棚的現場觀眾發出了驚訝與不安的聲音。大傷疤？好意外。真不敢相信。為什麼？他真的很危險嗎？是什麼樣的傷疤？

主持人精確地傳達了他們的心聲。

「當紅炸子雞當然也有私底下的另一面，而這一面往往令我們大失所望。」

「啊～～～～」

觀眾們發出了恍然大悟與安心的聲音，彷彿在說人紅難免是非多。如果有一天，他因為傷害罪嫌而被逮捕，今天在這裡點頭稱是的觀眾們想必不會感到驚訝吧！或許還會對家人與朋友說：啊，我從一開始就覺得他很可疑了。

大型螢幕中，福斯露出了燦爛的笑容。

小弘把這個節目錄下來，事後播放給我看。

我凝視著福斯的藍色眼睛。

——是因為衣服底下有好幾個大傷疤。

棒球評論家的話語再次浮現。

傷疤……

他該不會就是……？

「大家好，我是卸下偽裝太郎。」

「我是咬牙硬撐丸。」

卸下偽裝太郎是一隻穿著T恤的笨狗。

咬牙硬撐丸則是個蛋型吉祥物，頭部有裂痕。

兩人正在YouTube上直播。

卸下偽裝太郎詢問咬牙硬撐丸：

「你知道嗎？」

「知道什麼？」

「現在有個很受小孩喜愛的Ａｓ。」

「什麼？比我更受喜愛嗎？是誰？到底是誰～？」

「你有受小孩喜愛過嗎？你是since 1990吧？」

龍的照片咚一聲冒出來，兩人同時翻倒。

「哇啊！」

「正確答案是龍。」

「那個討厭鬼為什麼會受小孩喜愛？」

咬牙硬撐丸揍了龍的照片一拳。

世界各地的小孩一齊送出了對話框。這是直播，被選中的孩子透過智慧型手機與兩人交談。

卸下偽裝太郎唸出登場孩童的名字與年齡。「Aileen 小妹妹，13歲；Omari 小弟弟，10歲。」

孩子們一臉興奮地告訴兩人。

『龍躲在一個叫做「城堡」的地方。』

『我們在比賽誰先找到「城堡」。』

卸下偽裝太郎唸出下一批小孩的名字。

「Camille 小妹妹，16歲；Jake 小弟弟，13歲。」

「找到龍以後，要做什麼？」

咬牙硬撐丸詢問孩子們。

『一起合照！』

『和他握手！』

「接下來是 Charlie 小弟弟，18歲，Leo 小弟弟，9歲。」

「他是壞人耶！」

『使壞很帥啊！』

『他不愛講話，可是很強。』

「接下來是 Tomo 小弟弟，11 歲；Kei 小弟弟，14 歲。」

「你們不怕他嗎？」

『龍是……我的……英雄……』

Tomo 是個膚色白皙的小孩，不知何故一直歪著頭。

「脖子會痛嗎？」

即使如此詢問，Tomo 也只是轉動無神的雙眼而已。他和正常人似乎不太一樣。無可奈何之下，咬牙硬撐丸只好呼喚另一個穿著黑色衣服的 Kei。

「後面的小朋友，把臉轉過來。」

『…………』

Kei 始終沒有轉過頭來。

我在床上看著這段影片。

「英雄……」

在社群網站被人唾棄的龍竟是小孩的英雄。究竟哪個才是真實的他？

停止剛才的直播影片以後，出現了成排的相關影片；我在其中發現了剛才的白皙小孩 Tomo 的影片，便點開來觀看。

『對，我們一家三口感情融洽，就算沒有母親，也過得很好。』

抱著兩個孩子肩膀的父親有著一對濃眉，看起來威嚴十足，一副很可靠的模樣。Tomo 依然雙眼無神，雙手手指交握；穿著黑衣服的 Kei 則是低頭不語。家家有本難唸的經，我們家也一樣。不過，我們家感情並不融洽，過得也不好。

『我們相互扶持，每天都過得很開心。』

影片中，父親望著兩個孩子，微微一笑。

『…………』

我們家也沒有相互扶持。

某個聊天網站，一個看起來很貧窮的年輕男人在自己的房間裡進行直播。

『我和龍是多年損友。』

他對著鏡頭展示智慧型手機上的龍的照片。

在另一個暗網網站，戴著布偶頭的年輕男人搖頭晃腦，似乎是嗑藥嗑茫了。

『我和龍很合得來。』

在某個充滿猥褻氣息的網站，幾個穿著性感泳衣的年輕女人躺在粉紅色燈光照射的特大雙人床上進行直播。

『其實龍是個超級大富翁。想知道豪宅內幕的話，記得拚命點擊喔！』

並用挑釁的姿勢搖了搖屁股。

畫面邊緣是陸續上傳的留言。

〈這些傢伙全是在胡說八道。〉〈別被騙了。〉〈真相在這個連結↓。〉

宣稱自己是龍的朋友、知道龍的祕密的人與日俱增。

真假不明的情報滿天飛。

〈龍是誰？〉〈誰？〉〈到底是誰？〉〈是誰？〉

關於龍的傳聞變得越來越多。

在五光十色的『U』的街頭，As們的竊竊私語不斷地增生。

〈龍的廬山真面目是？〉〈是誰？〉〈誰？〉〈誰？〉……

龍的城堡

四周都是老人們嘰嘰喳喳的說話聲。

這一天，我家附近的「交流里」有移動超市來停車場擺攤，大家都聚集在這裡購物。

「交流里」是縣內各地的村民活動中心之一，由各地區的人自行經營，用來銷售或宣傳特產品。

也有提供餐點。

白板菜單上寫著「飯菜　400日圓」。

我和小弘在深處的位子上坐了下來。打從我第一次帶小弘來，她就愛上了這裡，今天同樣擺出常客的架式，豎起兩根手指。

「筒井奶奶，兩份『飯菜』～」

「來了～」

筒井奶奶彎腰駝背地走進廚房。奶奶做的料理是最棒的。我還是小學生的時候問過她年齡，她說是八十五歲；現在問她，她還是八十五歲。她究竟是幾歲？這是個不可考的問題。由此也可知道她的身子骨有多麼硬朗。

等候期間，小弘用智慧型手機播放新聞影片給我看。

耶利內克在眾多媒體環繞之下，神情肅穆地說道：

『炒名氣是毫無根據的指控。我因為車禍而失去了最愛的人，現在仍處於深沉的哀傷之中。我在女朋友受傷的同樣位置刺了青。』

許多攝影機在拍攝跪在墓碑前掩面哭泣的他。

我想起網站上的墓地照片，是同一個地方。他那個戴眼鏡的女朋友大概就是在那個撞得稀巴爛的汽車車禍現場過世的吧！見了他令人意外的感性一面，我不禁瞪大了眼睛。

「哦～原來每個人都有不為人知的祕密啊！」

我說出了心中的感想。

然而，小弘卻是啼笑皆非地看著我。

「妳真好騙。他就是要妳這麼想，其實隱藏了更大的祕密。」

「妳太多疑了。」

「當然啊！問題在於他真正隱藏的到底是什麼。」

「每個人都有祕密啊！」
「鈴也一樣。」
「小弘還不是一樣？」
「我？我沒有祕密。」
「小弘的手機待機畫面……」
小弘突然變得滿臉通紅，手足無措。
「等等等等！」
「是寺田老師，物理的……」
「欸，別在這種地方亂說啦！真是的。」
小弘把智慧型手機抱在胸前，小聲說道。
這時候，正好筒井奶奶端著兩個托盤走過來。
「來，這是妳們點的飯菜。」
小弘的智慧型手機待機畫面，是在寫滿了整面黑板的物理習題解答與驗證之前微笑的寺田老師。
「對、對老師來說，我只是路邊的石頭。」
小弘摀著變紅的臉頰，低下頭來。

「妳絕對不可以跟我爸媽說喔！他們一直深信我是個乖寶寶。」
「我不會說的。」
「要是我媽知道了，搞不好會口吐白沫而死。像前一陣子，啊——」
此時，小弘突然住了口。
「——抱歉。」
「沒關係。」
她在嘴巴前合掌，一臉歉意地說道：
「真的很抱歉。」
「不是啦！我只是在想，妳跟爸爸媽媽都會交談。」
我凝視著「飯菜」。炸蔬菜、燉豆子和燉豆腐、蔬菜湯、燙青菜、白飯。
「我們家正好相反。媽媽死了以後，只剩下我和爸爸相依為命，可是我們在家裡幾乎都不交談。」
我一直避著爸爸，而爸爸顧慮我的感受，也刻意保持距離。可是，這樣下去行嗎？父女倆相依為命，卻各自吃飯，這樣不是很奇怪嗎？
小弘凝視著我，喃喃說道：
「……我知道，所以我才陪著妳啊！」

接著，她迅速地抓起筷子，大口扒飯，吃得嘖嘖作響，就像是要讓我聽見似的。

「好了，別垂頭喪氣的，快吃吧！」

在小弘的催促之下，我拿起筷子，一小口一小口地吃起白飯。小弘的嘴裡塞滿了白飯，並轉過了頭，豎起兩根手指。

「奶奶！再追加兩份麵線！」

「來了～」

筒井奶奶從廚房探出頭來。

奶奶煮的麵線是絕品。

小弘As收到了新情報。

遠離『U』那大河般的主街，朝著雲海前進，便可看見許多漂浮的小島；據說這些單元是『U』初期的產物，在停止運作並關閉之後，便成了昔日網路服務的殘骸，而『龍的城堡』就藏在其中一座小島上。

我戴著帽兒，前往某個可疑的單元。

「啊！」

看到人影，我連忙躲到柱子後方。

是賈斯汀軍團的隊員，似乎在尋找什麼，不久後便走掉了。或許他們也收到了同樣的情報，來這裡找龍。

我走出柱子後方，環顧四周。

「……這種廢墟裡真的有『城堡』嗎？」

「這次絕對錯不了！」

「那妳怎麼不跟我一起來？」

小弘Aｓ不在這裡。

「今天寺田老師會補課。事後我會看錄影檔的，拜拜！」

「真是的……」

和主街一樣，單元分為「摩天大樓」及「公園」兩種區塊。雖說是公園，並不是真的有綠色植物，而是像針葉樹一樣的四角錐排排並列，並用圓形零件鋪設而成的廣場；這些零件多有脫落，立體部分也呈現碎裂狀態。我在這樣的殘骸之間緩緩前進，穿過了通往摩天大樓區塊的閘門。

此時，突然有道聲音響起。

「在找東西嗎？」

廢墟大樓之間的主街中心有道視線看著我。

那是個由美少女與白色海參混合而成的神祕生物，輕飄飄地浮在空中。該說美少女的身體是海參？還是海參的頭是美少女？

「……妳是誰？」

「我是A．I，無所不知。」

她的粉紅色頭髮上別著可愛的海星髮飾。勉強歸類，應該算「人魚」吧！

我試著詢問：

「……我在找城堡。」

人魚A．I笑了，背上的觸手宛若在游泳似地搖動著。

「我就知道。」

「咦……？」

風景以人魚為中心產生了變化。

下一瞬間，我變成站在深淵旁，壯麗的瀑布在我的眼前落下。

「……這裡？」

有城堡嗎？

然而，人魚並未回答，搖著觸手離去了。

「啊，等等！」

我追了上去，可是馬上就追丟了。

「在哪裡……？」

樹幹與樹根錯綜交纏，令人寸步難行，彷彿在阻礙我的去路似的。我在幽深的原生林中徬徨，完全迷失了方向。

「哈……哈……」

厚大衣底下開始冒汗，帽兜勾住了樹枝。這裡沒有路，也不知道會通往哪裡；然而，若不移動，我就無法離開這個迷宮。即使不認得路，還是只能往前進。

「哈……哈……」

我來到了一棵枝幹與巨岩交纏的奇妙樹木前。不知道它是抱著岩石？還是想勒死岩石？我停下腳步，不知如何是好。此時——

「有什麼困難嗎？」

這道聲音傳入耳中。

「……啊！」

美少女與蝦蛄混合而成的神祕生物正在看著我。

和剛才不同種類的人魚。髮量豐盈的綠色捲髮，腰間纏著活像大腸髮圈的花邊。她也是A．I嗎？

我再次探問。

「……我在找城堡。」

人魚擺動六隻腳，笑道：

「我就知道。我只跟妳一個人說。」

「呃……」

我還沒機會插嘴，就被傳送到其他地方了。

是海岸。

放眼望去，平坦的淺灘上空無一物。風很大。

我在倒映著雲朵的潮溼沙灘上邁開腳步，不知道該往哪個方向走。環顧四周，只看見水平線與地平線的交界。

「哈……哈……」

我一味地行走，不知道自己是否真的是在往前進，心境宛若迷路的孩子。和剛才的原生林迷宮相比，雖然好走許多，但是無論走多久，風景都沒有變化，精神上相當煎熬，有種再怎麼努力都是白費的感覺。

「哈……哈……在哪裡……？」

這裡真的有城堡嗎？

此時，突然又響起了一道聲音。

「有什麼困難嗎？」

沙灘上堆積著五顏六色的貝殼，一個美少女與細長海葵混合而成的神祕生物正在貝殼堆的後方看著我。

「咦？」

一張小臉從粉紅色的軟管末端探了出來。另一側有四根指頭，指甲都上了彩繪。

人魚在我開口詢問之前，便識趣地說道：

「妳想知道城堡的地點吧？別跟其他人說喔！」

「啊，等等！」

我試圖叫住她，但為時已晚。

轉眼間，眼前被雪白的雲朵覆蓋了。

「啊！這裡是哪裡？」

映入眼簾的是清一色的白，分不出上下左右，已經不是迷不迷路的問題了。強烈的不安侵襲了我。

「什麼都看不見！唉……」

該不會就此消失吧？恐懼湧上心頭。

此時——

「傻瓜，妳被騙了。」

一道聲音傳來，我吃了一驚，回過了頭。

「……咦？」

有個物體輕飄飄地浮在連綿不絕的雲海上。

「……啊！」

是天使Aｓ。他拍動著柔軟的白色翅膀。

「再這樣下去，妳永遠都找不到。」

「你……知道城堡在哪裡嗎？」

「別管城堡了，陪我玩。」

雲海逐漸散開，另一頭的山脈映入了眼簾。一條細長的道路沿著陽光照耀的斜坡延伸。

「來，跟著我走。」

天使Aｓ像是在引誘我似地翻身離去。

「啊……等等……！」

我邁開腳步追趕。只見山脈的更上方，高高聳立的雲朵背後似乎隱藏著某種巨大的物體。我定睛凝視。雲朵緩緩地散開了。

從縫隙間可以看到部分的建築物。那是什麼？

不可思議的花紋，奇妙的形狀。那是——

「……城堡……！」

那裡真如小弘Ａｓ的情報所示，是龍的城堡嗎？

我半信半疑地伸手推開大門。

吱吱吱……

天使Ａｓ滑進微微開啟的門縫。

我也可以進去嗎？其實我有點遲疑，但我是為了尋找龍的城堡而來，經過千辛萬苦才抵達這裡。我鼓起勇氣，打開了大門。

吱吱吱吱……

「有人在嗎？」

沒有人的氣息。

我更加定睛凝視，眼睛逐漸適應了黑暗。鞋跟的聲音在格紋大理石地板上迴盪。挑高的大廳中央有道大大的樓梯矗立，宛若中世的城堡。

「哇啊啊……」

我抬頭仰望，忍不出發出感嘆之聲。

然而，仔細一看，高高的天花板與粗大的柱子之上有許多奇形怪狀的細緻雕刻。莫非這裡看似與中世的建築樣式相仿，其實完全不一樣？除此之外，隨處可見區塊雜訊，或許是檔案損毀以後就被棄置了。

「快。」

天使Ａｓ在樓梯上催促我。

「啊……」

我連忙快步追著他上了樓梯。

某處傳來了少女們的竊竊私語聲。

「她是怎麼跑進來的？」

「虧我們那樣百般阻撓……」

是那些害我迷路的人魚。她們躲在陽台的柱子後，絕對錯不了。

我走向深處。走在長廊上時，我同樣聽到了竊竊私語聲，是從陰森恐怖的雕像背後傳來的。

「怎麼辦？」

「主人會生氣的……」

我裝作沒聽見這些聲音，繼續往前進。

在天使Aｓ的引領之下，我來到了中庭。中心有個狀似方尖碑的四角柱，半途變成了方塊，不斷地轉動。這裡的檔案似乎也是損毀的。不過，我的視線卻被其他事物吸引了。

玫瑰。

在數位廢墟裡綻放的玫瑰。

「……好漂亮。」

看起來就和真花一模一樣。從白色、紅色、桃紅色到深紅色與黑色，五彩繽紛。我拿下帽兜，走上前去。特有的甜美香氣撲鼻而來。

「這是我種的」

天使Aｓ得意洋洋地炫耀：「祕密玫瑰。」

「祕密？」

聞言，我如此反問。

我摘下一朵玫瑰。

「什麼樣的祕密？」

我問道，但是沒有回應。
反倒是有道野獸低嗚般的聲音逼近了身後。
「啊？」
回頭一看，龍從柱子的陰影現身了。
「妳為什麼在這裡？」
「啊……！」
事出突然，我愣在原地，動彈不得。
怒氣騰騰的龍迅速地繞到我和玫瑰之間。
「為什麼擅自闖進來？」
「是……他帶我來的……」
「滾出去！」
龍破口大罵。
「可是……」
「滾出去！」
龍又強調了一次之後，便離開了中庭。
我愣在原地，好一陣子動彈不得。膝蓋在發抖。

然而，我硬是甩了甩頭，讓自己恢復正常。

我快步追趕走在長廊上的龍。

「……等等！」

「我是有事想問你才來的！」

龍穿著活像破布的襤褸衣衫，而無數的斑紋就和他穿著紅色斗篷時一樣，烙印在同樣的位置上。斑紋似乎已經數據化，即使更換服裝，依然會顯現出來。

「你是誰？你是……？」

然而，龍不理不睬，繼續大步前進，從走廊來到了一個空曠的空間。

「欸，回答我！」

龍突然回過頭來，目露凶光地恫嚇我：

「再不滾出去，我就把妳咬成碎片！」

龍的聲音在半塌的舞廳暗處迴盪著。

見了他露出的利牙，我好怕真的會被吃掉，忍不住發抖。不過，輸人不輸陣，我拚命鼓起勇氣，回瞪龍的眼睛。

就在這時候——

「嗚，嗚……」

一道宛若幼犬叫聲的虛弱聲音傳來。

是天使Ａｓ。

他像枯葉一樣搖搖擺擺地掉落，又像被風吹跑似地飄走了。

「你要去哪裡……？」

龍發出困惑的聲音，追逐天使Ａｓ。他的聲音和剛才完全不同，充滿了擔憂之色。

見狀，我不知如何是好。

「嗚……嗚……」

「等等……」

舞廳裡有十二個排成圓形的閘門，每個閘門上都有獨特的花紋。天使Ａｓ一面啼叫，一面飛出了螺旋花紋的閘門。

龍繼續追趕，我也隨後跟上。

我抬頭仰望並爬上城堡裡的龜裂螺旋梯。螺旋梯多處都因為檔案損毀而化成了方塊。

爬上樓梯以後是個陽台，似乎蓋到一半就停工了，外牆呈現裸露狀態。

天使Ａｓ一面啼叫，一面飛到陽台外側。

「等等……」

龍以幾乎快掉下去的幅度探出身子，用雙手溫柔地包住天使Aｓ，輕輕地將他拉回來，以免傷到他。

龍將手攤開，只見天使Aｓ用雙手環抱的胸口不斷地閃爍著，就像是心臟在撲通撲通地跳動。天使Aｓ用氣若游絲的聲音問道：

「吵架……？欸，你們在吵架嗎……？」

「不是。沒事了，已經沒事了。」

龍柔聲回答，可以感受到和那充滿攻擊性的外貌背道而馳的體貼入微。我目不轉睛地凝視著他的背影。

疑問不禁脫口而出。

「……哪個？」

「…………？」

龍轉過頭，用銳利的目光看著我。

我坦率地說出了心中的疑惑。

「哪個才是真正的你？」

「…………」

龍沒有回答，離開了原地。

我快步追趕在走廊上大步行走的龍。

「等等！」

龍彎過轉角，打開了一扇大門，走進房間裡。

「等等！」

眼看著就快追上他，門卻啪一聲關上了。

「…………」

我用手抵著門，不知如何是好。

滿腦子想的都是龍——他的真實面貌。

戀情

「鈴談戀愛了，而且對象是個壞男人。」

在聖歌隊的休息時間，中井太太突然如此說道。

「……啊，啊啊！」

剛才，我想起了在龍的城堡裡發生的事，把手放在直立式鋼琴上發呆；經她如此一說，我立刻變得滿臉通紅，結結巴巴、慌慌張張地抗議。

「才……才沒有！為什麼……！」

中井太太宛若指著證物的偵探般說道：

「都寫在臉上了。」

聞言，我心下一驚，連忙摀住紅通通的臉頰。

「…………！」

休息中的五個女性並排坐在長椅上，面露賊笑。

喜多太太一面用團扇搧風，一面說道：

「國高中生就是喜歡壞男人～」

奧本太太將雙手放在長椅椅背上。

「其實他很溫柔又怕寂寞？」

中井太太把杯子從嘴邊拿開。

「只有我了解他？」

哈哈哈哈哈！她們相視而笑。

「就說沒有了嘛！」

雖然知道她們是在捉弄我，我還是忍不住反駁；即使心知這樣反而證明她們說中了。

畑中太太看著我，給我建議。

「不如送個禮物給他吧？」

「咦？」

「高三的時候，我去俄亥俄州留學，在那裡認識了一個眼神銳利的男孩，他總是獨來獨往，看起來很寂寞。」

「哎呀，孤狼型的？」

喜多太太以團扇掩口，像個少女一樣睜大了眼睛。

畑中太太微微地聳了聳肩。

「我注意他很久了，後來就跟他說：『我要送你生日禮物。』」

「妳送了什麼？」

「歌。」

「歌？」

所有女性異口同聲地反問。

畑中太太看著我，說道：

「祝壽歌。我寫了一首歌，當面唱給他聽。」

「好棒喔！」

吉谷太太把手放在胸口。

「簡直是情歌嘛！」

「平時不笑的他那時候笑得很開心。」

「後來你們交往了嗎？」

「呵呵，怎麼可能？」

「為什麼？」

「因為那個男生才國二而已。」

「咦～～～？」

女性們齊聲大叫。

「不過，回國的時候，他在機場哭了，讓我好開心。」

我凝視著畑中太太的美麗側臉。高中時的畑中太太一定也很美。不知當時國二的他現在在做什麼？可還記得畑中太太送他的禮物？

放學回家的路上，我一面走在鏡川邊，一面思索。

「我沒寫過情歌……」

我抬起頭來四下張望。這一天的鏡川平靜無波，正如其名，就像鏡子一樣映出了街景。在對岸的河邊玩耍的孩子，打羽毛球的女性，山內神社的停車場，恩愛的老夫妻，擦身而過的腳踏車。

平凡無奇的日常片段。

在平時早已走慣的道路上，能否發現隱藏之美？

我的視線追逐著飛過水面的兩隻黑背鶺鴒。

看著牠們飛翔，音階浮現於腦海之中。

鶺鴒離開水面，交互上升。我用視線追逐牠們，也跟著變得自由了。

我仰望鶺鴒，午後的陽光刺得我閉上了眼睛。
眼皮底下是忍在籃球場的模樣。
徐緩的八六拍。
我一時興起，翩翩起舞。
另一個忍的身影浮現腦海。他握住手時的觸感。
宛如緩緩地在河面上流動一般。
眼皮底下出現了龍。銳利仰望的視線。
我抬起腳跟，旋轉一圈。
另一個龍的身影出現了。溫柔纖細的聲音。
我——不，是身為貝兒的我記掛著龍。
這是不爭的事實。
不過，那是中井太太所說的戀愛嗎？
我不明白。
戀愛。
過去我的人生和戀愛一點關係也沒有。
不過，在我的心底，有個隱藏已久的地方。

在那兒，有股存在已久的感情。
我對龍的感覺也是發自同一個地方嗎？
若是如此——
可是，那又有什麼價值？
像我這樣的人——
不過，那也無妨。自由自在地。
灌注心意。
沉浸於片刻的餘韻過後，我睜開了眼睛。
不知幾時間，我來到了柳原橋前頭的水道橋。
還不賴。這首曲子曲風沉靜，聽起來或許有些哀傷，但已經是近期內的佳作了。
「……嗯。」
「記錄下來吧！」
我從智慧型手機的首頁滑了幾次，打算開啟作曲APP——但手指卻突然停了下來。
「咦……？」
我滑回首頁。

社群網站APP右上角的紅圈呈現異常的數字。200、250、350……

「這個數字是怎麼回事……？」

我錯愕地按下APP。

只見發言如雪崩一般大量湧現。

〈她和忍牽手耶！〉〈是在炫耀嗎？〉〈她為什麼可以和忍牽手？〉〈聽說是兒時玩伴。〉〈所以就可以為所欲為嗎？〉〈她已經被認證為沒有自知之明、得意忘形的女人了。〉

「這……這是什麼？」

高中女生小團體的社群網站上，關於我的謠言以驚人的速度擴散開來。我的臉上血色全失，拿著智慧型手機的手開始發抖。我該不會快被社會性抹殺了吧？

不、不好了！

我打直彎曲的腰桿，一轉腳便拔腿狂奔。

怎麼辦！

左手上的智慧型手機在震動。這種時候居然有人打電話來？我邊跑邊接起電話。

『鈴！』

「小弘！」

小弘在電話彼端質問我。

『妳跟忍告白了嗎？』

「沒有啦！」

『他跟妳告白了？』

「怎麼可能！」

『那為什麼……』

「只是我的手……」

『牽在一起了？』

那兒是戰場。

小團體社群內部與外側，臆測、猜疑、自私與憎惡交織錯綜的曠野。在六角形串連而成，有森林、農田、村落、河川及海岸分布的地圖上，班上女生的棋子一齊翻了面。

全數變成憤怒模式的表情。

「沒有牽手！只是握手而已！」

我如此辯解，但她們就像是打彈珠一樣，一個接一個地朝我撞來。鐺鋃、鐺鋃，每次被撞上，我的生命值就減少一截。

『就這樣？可是卻引發了這麼大的騷動，忍真是厲害。由此可見有多少女生在注意他。』

「我明明什麼事也沒有做！」

『這件事已經延燒到各個地方了。平時老是向忍獻媚的女生，和拉不下臉獻媚、暗自不爽的女生一直耐著性子互相牽制，現在一口氣爆發出來了。氣氛變得超僵的，好恐怖喔～』

戰火四處蔓延，同樣的爭執一再發生，甚至演變為戰事。豎著軍旗的步兵與騎兵互相對峙，另一頭是僵持不下的火繩槍部隊，至於坐擁大砲的大軍則是呈現一觸即發的狀態。

「怎麼會……大家本來不是很要好的嗎？」

『一樣米養百樣人，大家再繼續顯露本性，總有一天會演變成全面戰爭。』

「該怎麼辦？」

『唉，沒辦法。』

小弘的棋子穿透了地圖的地面，繞到戰場下方。

『我會暗渡陳倉，聲東擊西，鈴，妳先去找能夠溝通的女生，解開她們的誤會！』

「我試試！」

小弘設下的話術圈套打散了棋子，場面一陣混亂；她又立刻潛入其他小團體底下，攪亂女生的棋子。這樣的雷霆攻勢確實極有小弘之風。

而我也做好覺悟，殺進某個女生小團體。

「聽我說！我和忍只是兒時玩伴而已。」

我又殺進另一個小團體。

「他根本把我當成小孩看待。」

我拚命地訴說。

「他怎麼可能跟我這種貨色交往？」

因為突如其來的戰亂而疲弊不堪的小團體領導者之間早已瀰漫著厭戰氛圍，正是靜下心來聽我解釋的好時機。

〈的確。〉〈大家冷靜下來吧！〉〈冷靜～～～〉

所有女生的棋子就像黑白棋逆轉一樣，一個接一個地翻過來，恢復為平時的表情了。

平定。

「午安！」

我衝進小弘家的玄關。

「呃啊！」

我整個人撲倒在地，左手上的智慧型手機掉到了波斯地毯上。

「終於逃出虎口了。」

小弘拿著平板電腦出來迎接我。

地毯上的手機收到了女生們傳來的大量道歉訊息。

小弘倚著牆壁，板起臉孔說道：

「這個社會真是殘酷啊！陰鬱型的鈴告白，就會引發戰爭；但要是換作瑠果，大概就安然無事，天下太平了吧！」

此時，有人寄信給我。我撿起手機查看。

「啊，是瑠果。」

「咦？」

「『突然寄信給妳，很抱歉。我有事想跟妳商量……』」

小弘投以懷疑的目光。

「時機未免太巧合了。現在寄這種信來，怪怪的吧？」

「怪怪的？」

「搞不好是她在背後牽線的。」

「不可能啦！」

「她果然在打忍的主意啊～」

「像瑠果這麼可愛的女生怎麼會做這種事？」

「我就是不喜歡她這一點。」

「她只是因為兒時玩伴的關係想問一些問題而已。」

「換作是我，才沒那麼好心陪她商量呢！」

我無從反駁。

因為我自己也無法完全否定小弘的懷疑。

回家時，我同樣是走鏡川邊的路，整個人無精打采。

已經是傍晚了。

瑠果在寄給我的信中說她想問我一些關於心上人的問題。我必須回信，但我不知道該怎麼回信。

我好迷惘。

對瑠果的憧憬和懷疑交互浮現。我喘不過氣，好想把積在胸中的情感全部宣洩出來。

「啊～心頭亂糟糟的……」

這時候——

啪沙！

「……？」

我聽見了水聲，轉頭觀看。

只見傍晚的鏡川上，有艘細長的獨木舟滑過水面，朝我這個方向而來。

是頭慎。

船槳撥開的水沫形成了一道漂亮的弧形。他的動作十分俐落，沒有絲毫的餘贅。

獨木舟轉眼間就通過了眼前。

「……頭慎真是努力。」

此時——

「嗯，好厲害。」

身旁響起了一道聲音。

我用不能更慢的速度轉過了頭。

「…………忍。」

「我在等他，可是他一直不上岸。」

不知幾時間，忍來到了我身邊，用視線追逐著獨木舟的去向。

我仰望著忍，動彈不得。

忍依然望著遠方，若無其事地問道：

「鈴，今天發生了什麼事嗎？」

「…………」

「……有的話跟我說。」

或許忍已經知道今天在女生之間發生的騷動了。不過，聽他的口氣，他好像不知情；不，或許他知道，只是裝作不知情而已。

我不知道哪個才是正確答案。

平時問不出口的事，現在似乎開得了口了。遲疑了一會兒以後，我鼓起勇氣，開口說道：

「……老實說，有件事我一直想問你。」

「什麼事……？」

忍望著我。

「呃……………」

我說不出話來。

我垂下了頭，支支吾吾，而忍耐心地等我說下去。

「呃……我……」

我下定決心，抬起頭來。

「呃…………啊！」

就在這時候。

「小鈴！」

頭慎扛著獨木舟，來到我們身邊。

「妳正要回家啊？我也剛練習完。哎呀～～傷腦筋、傷腦筋。」

「…………」

我啞然無語，沒有即時做出反應。見狀——

「咦……？怎麼了？」

頭慎努力察言觀色。

我硬生生地擠出開心的笑容，以免被他察覺。

「頭、頭慎，呃，對了，你的遠征怎麼樣了？」

頭慎對遠征兩字起了反應。

「哦、哦！我已經遠征回來了！跟妳說，虧我幹勁十足，搭著深夜巴士千里迢迢地跑去志願大學，想在教練面前好好表現一下，結果完全划不出好成績，糟透了。」

頭慎眉飛色舞地說道，夾雜著誇張的動作與充滿喜感的手勢，看起來活像在演默劇。

「啊，對了，妳看。」

他從潛水衣裡拿出裝在防水袋裡的智慧型手機。

那是大學生與來自全國各地的高中生以兩棟摩天大樓為背景拍下的合照，頭慎就站在最前排的正中間，擺著帥氣的姿勢。

「照片裡的人有的就算想參加也無法參加全國大賽，可以參加的我卻這麼遜，真是過意不去。」

我睜大了眼睛，看著頭慎。

「頭慎……你要參加全國大賽？」

「嘿嘿嘿，是啊！」

他用手指搔了搔嘴邊，難掩臉上的笑意。

瞧他說得若無其事的，這可是件了不起的大事啊！去年憑著一己之力成立輕艇社，今年就打進了全國大賽，實在太有行動力了。我努力擠出笑容，稱讚頭慎。

「真的？頭慎，你好厲害！太厲害了！我會替你加油的！」

「……真的假的？」

「真的！」

頭慎對加油二字起了反應。他用嚴肅的表情凝視著我，接著又用演戲般的誇張表情看著忍。

「我說忍啊……」

「啊？」

「小鈴說要替我加油……」

「嗯。」

頭慎故作瀟灑地插著腰，說道：

「是不是代表她，咳，有點喜歡我啊？」

我倏然收起了努力擠出的笑容。

見狀，頭慎猛然省悟過來。

「……咦？不是……嗎？或許……不是吧……」

並用細若蚊蚋的聲音說道。

忍啼笑皆非地盤起手臂。

「快把東西拿去放吧，白癡。」

「我亂說的啦亂說的，只是在開玩笑！拜拜，小鈴，謝謝妳替我加油！」

「嗯。」

「快去啦！」

「知道了啦！」

頭慎重新用雙手扛好獨木舟，快步走向艇庫。

這會兒又只剩下我和忍兩個人了。

「…………」

好不容易有兩人獨處的機會，我卻什麼話也說不出來。頭慎的登場讓我錯失了開口的時機，大概是某種平衡瓦解了。這不是頭慎的錯，是裹足不前的我的錯。我老是無法把握時機，放棄了許多機會，而現在又重蹈覆轍了。我只能茫然呆立於傍晚的鏡川河畔。

「…………」

一陣沉默過後，忍開口說話了。

「……欸，妳剛才……想跟我說什麼？」

「……算了。」

「妳是不是在硬撐啊？」

「沒有。」

「真的？」

「真的。」

說著，我閉上了眼睛。

我想起了年幼的忍望著年幼的我時的表情。

我必須壓抑自己當時的感情。

必須克制不能表明的心意。

接著，我睜開了眼睛。

「……忍，你不用管我了。」

「咦？」

我轉過身，獨自邁開腳步。

「鈴。」

忍呼喚我。

但是我沒有停下腳步。愛意傾瀉而出。我對自己說道：

「……我到底想怎麼做？」

我忍不住加快了腳步。

滿腔情感無處宣洩，彷彿就快迸裂了。

我使盡全力狂奔。

我邊跑邊拿出智慧型手機，傳送訊息給瑠果。

〈瑠果，有什麼問題儘管問我，我會替妳加油的。〉傳送。

我停下腳步，氣喘吁吁地凝視畫面。

瑠果立刻回覆了。

〈小鈴，謝謝。〉〈嚇了我一跳笑。我會加油的，謝謝妳給我勇氣。〉

開朗的字句很符合瑠果的風格。我和瑠果並不算要好，〈替妳加油〉似乎太過火了，害她嚇了一跳，令我後悔不已。

胸口好悶。

看著這些訊息，我的眼淚奪眶而出，撲簌簌地落到地面上。我用手背拭去眼淚，可是淚水依舊不斷地冒出來，就像是關不緊的水龍頭一樣。

我將智慧型手機抱在胸前，不斷地哭泣。

LOVESONG

我坐在龍的城堡裡的走廊上，抱著胸口哭泣。

我好難過，好痛苦。

攤開手一看，胸口上出現了斑紋般的圓形痕跡。

圓形痕跡朦朦朧朧地散發著溫暖的光芒。

倘若受了傷，體驗共享技術可以從生物資訊偵測到炎症反應，將其可視化；心傷是否也一樣會改變生物資訊的數值，變換為肉眼可見的形態？

就在這時候——

吱吱吱吱……

天使Ａｓ打開了門，向我招手。

我擦乾眼淚站了起來，胸口的光芒倏然淡去。

天使Ａｓ宛若在引誘我進入龍的房間一般，消失其中。

我走向大門，放上了雙手。

有些躊躇不決。

「…………」

做好覺悟以後，我輕輕地推開了門。

吱吱吱吱……

「……啊！」

雖然一片幽暗，仍可看出那是個寬敞的長型房間。

高高的天花板，帶有頂篷的床，房間中央的牆壁上有個大型暖爐。我踩著因碎片而凌亂不堪的地板，仰望暖爐上方的牆壁。牆上掛著許多用小相框裱起來的照片。這是——？

昆蟲、葉子、小花、樹果、樹枝、小河、某戶人家的牆壁、某處的農田，某處的雲彩……乍看之下，盡是隨處可見的景物，看不出是哪個國家或地區。

然而，唯有正中央的長型大相框裡的照片與眾不同。

「……女性？」

那是個身穿洋裝、抱著許多玫瑰的女性照片。不過，我看不出表情，因為玻璃裂痕以臉部為中心往四面八方蔓延。

「…………」

這個女性和龍是什麼關係？為何玻璃上有裂痕？是故意打破玻璃遮住臉孔嗎？還是——

我環顧房間，心下一驚。

「…………！」

龍在房間之中。

凌亂室內的另一頭，他正背對著我坐在陽台前。

不知是不是在睡覺，一動也不動。

我斂聲屏氣，緩緩地靠近他。

「斑紋…………」

這是我第一次近距離觀看遍布寬廣背部的斑紋。我深深地被那複雜的形狀與色彩吸引，甚至覺得好美。對於龍而言，這些斑紋帶有什麼意義？我想確認這一點，緩緩地朝著背部伸出了手。

此時——

龍突然起身，轉過頭來。

「啊！」

我吃了一驚，往後退了一步。

「別碰我！」

龍發出神經質的怒吼，讓人強烈感受到他有多麼不願被觸碰。

「對不起，那些斑紋……」

「妳是來嘲笑我的醜陋的嗎？」

「不是！」

我把手放在自己的胸口上，盡可能地表現對龍的同理心。

「那些斑紋會痛嗎？一定很痛吧……？既然如此，最好別再動粗……」

然而，龍沒等我把話說完，便搖了搖頭。

「妳什麼也不懂。」

「那就跟我說明啊！」

「夠了，滾出去！」

龍的身體猛然一震，猶如凶暴的野獸一般大聲咆哮。

嗚喔喔喔喔喔喔喔喔……！

整個房間都在搖晃。

我再也待不下去了，衝出房間，跑過走廊，彎過好幾個轉角。

來到大廳的大樓梯——

「滾出去！」「滾出去！」「滾出去！」

人魚們對我投以輕蔑的話語。

令我懊惱不已。

可是，現在的我無力多做什麼。

只能默默地離開城堡。

我折返原路，來到了廢墟單元的「摩天大樓群」，戴上帽兜，從大樓轉角探出頭來，環顧周圍。沒有人。慎重確認過後，我便迅速地移動。

我在其他大樓的轉角也如法炮製，確認安全之後匆忙移動。往大馬路的另一頭望去，可看見分隔「摩天大樓群」與「公園」的閘門；只要穿過閘門，就可以回到『U』的主街。此時，傳來了一道聲音。

「等等。」

身體頓時僵硬起來。

賈斯汀軍團的隊員走上前來。我竟在看似無人的閘門前被發現了。對方不只一人，數名隊員從背後靠近，將我團團圍住。

我背對著他們，用帽兜藏住臉孔，縮起身子。

隊員七嘴八舌地問道：

「妳在這裡做什麼？」

「有沒有看到什麼人？」

「是醜陋的怪物嗎？」

我沒有回答，而是伺機逃走。

然而，隊員之一立刻伸出手來用力拉住我的帽兜，另一隻手也伸過來揪住我的頭髮。束髮的緞帶鬆開了。

「啊啊！」

臉孔曝光了，我只好用手摀住嘴巴。

隊員們的身後還有另一個人。

「妳是……貝兒？」

是賈斯汀。他用略感意外的聲音說道：

「妳怎麼會在這裡？」

「……」

我默默地瞪著他。

「妳不說？既然如此……」

他右手上的手環發出了光芒，化為長了翅膀的獅頭。

「啊……？」

我的心臟猛然一震。

「既然妳不說，我就問本尊。」

賈斯汀若無其事地淡然說道。

居然拿揭露本尊的光芒來威脅他人？我嚇得發抖。要是本尊曝光……

「啊啊啊……啊啊……啊啊…………！」

就在這時候。

有人穿梭於大樓之間，朝著這裡而來。

是龍。

賈斯汀大吃一驚，瞥了下方一眼。

「龍！」

龍立刻抱起我，轉眼間便飛到了上方的大樓群。

「是他！」「快追！」「快追！」

隊員們立刻隨後追趕。

我在龍的懷中仰望著他。他救了我？為什麼？剛才他不是大吼大叫，要我滾出去嗎？

當我回過神來時，隊員已經追上我們，接二連三地飛身撲來，對著龍的背部拳打腳踢。然而，龍並未還手。上次在球形體育場，他明明三兩下就把這些隊員打得東倒西歪。

隊員們仗著龍不還手，拳腳齊發，打得更加帶勁了。

他們對看一眼——

「怎麼不還手？」

「怕了嗎？」

「真沒用。」

並如此嘲笑龍。

「…………！」

我不甘心地咬緊嘴唇。

就在這時候——

「啊！」

行進方向有棟摩天大樓。再這樣下去，會正面撞上的。

隊員們渾然不覺，只顧著攻擊龍，而無處可逃的龍只能撞上去。

摩天大樓逐漸逼近。

「？」

隊員們察覺時，摩天大樓已經近在眼前。

來不及閃避了。

「哇啊啊啊啊！」

隊員們哇哇大叫，撞向厚實的玻璃窗。

龍變換姿勢，及時閃過了玻璃，但是為了保護我，他的背部撞上了牆壁。只聽見砰一聲巨響，他被彈了回來。

「嗚啊啊啊啊啊啊……」

他痛苦地張開嘴巴，發出了悽慘的聲音。

龍似乎耗盡了力氣，開始墜落；他就像斷了線的人偶一樣，沿著大樓牆面急速下降。再這樣下去，會撞上地面的。

我忍不住大叫。

「快撞上了！」

「唔唔……唔唔唔！」

龍咬緊牙根，使勁從後仰姿勢弓起身軀，一個旋轉，朝著大樓牆面猛力一蹬，飛到旁邊，及時免去了撞擊。

他抱著我，搖搖晃晃地消失於大樓與大樓之間。

「龍在哪裡？在哪裡？」

見隊員追丟了龍，賈斯汀又氣又急。

「……龍！」

我們回到了雲端的城堡。

龍輕輕地降落在龜裂的陽台上，並小心翼翼地放我下來。

我立刻和龍拉開距離。

龍像是氣力耗盡似地跪倒在地。

「哈，哈，哈……」

他的呼吸十分急促。我有點擔心，走上前去。

「別過來！」

卻被他強力制止了。「……閃邊去。」

無可奈何之下，我只好乖乖轉身離去。

然而，有某種事物阻止我離去，那就是胸口的痛楚。我把緊握的手放在心窩，忍受這股揪心之痛。我無法抗拒自己的心，抿起嘴唇，回頭望著龍。

痛苦喘息的龍映入了眼簾。

「呼，呼！」

「…………………」

胸口那股揪心之痛變得更加強烈了。當我鬆開緊握的手，放到心窩上時，心底話自然而然地脫口而出。

「我比以前稍微了解你了。」

「……？」

龍抬起臉來，一臉意外地睜大眼睛。

我靠近他的身旁。

「你真的受了傷的，是這裡吧？」

並把手輕輕地放在他的胸口上。

「…………！」

龍大吃一驚。

我望著他的眼睛，坦率地表達自己的心意。

「謝謝你救了我。」

龍把臉靠過來。

「……貝兒。」

這是他頭一次呼喚我的名字。

星星開始眨眼。

我緩緩地唱起歌來。

歌聲響徹了因為檔案損毀而多處方塊化的幽暗舞廳。

你說你想獨處　拒人於千里之外

其實是不願意　被人窺探心房吧

憤怒　恐懼　悲傷

難以負荷的夜晚

有口難言

讓我聽聽　你試圖隱藏的聲音

龍把手放在胸口上聆聽，彷彿在捫心自問一般。

無數的玫瑰在中庭裡盛開，天使Aｓ先從中揀選了一朵淡桃紅色玫瑰，接著又挑選了一朵黑色玫瑰。

人魚把兩朵玫瑰送到了舞廳。

她們走上前來，將淡桃紅色玫瑰別在我的左胸。

瞬間，無數的粒子凝聚，又倏然迸裂開來。

只見玫瑰花瓣洋裝帶著風飄然出現，溫柔地包覆了我的身體。

「哇啊啊啊……！」

我忍不住發出感動之聲。

簡直是魔法。閃閃發亮的粒子四處飛舞。

天使Aｓ來到我的身邊，得意洋洋地詢問：「妳喜歡我的『祕密玫瑰』嗎？」我仰望天使Aｓ，回以微笑：「好棒！」

其他人魚在龍的左胸別上了黑色玫瑰。

龍的胸口上的黑玫瑰同樣有無數的粒子凝聚，又倏然擴散開來，化為帥氣的黑色西裝與斗篷。斑紋刻印在新斗篷的背上。

我回頭望著龍。

龍也回頭望著我。

無數的粒子凝聚於半場的幽暗舞廳裡，倏然迸裂；只見舞廳脫胎換骨，變得耀眼又華麗。

來跳舞吧！我朝著龍伸出雙手。然而，龍往後退了一步，似乎有點抗拒。我依然伸長了雙手，帶著邀約之意往前踏出一步。龍一臉困惑，戰戰兢兢地抬起左手；我牽起了他的手。

隔了一拍以後，兩人開始緩緩地轉圈。

起先，我們只是互相牽著手旋轉，後來逐漸跳起了八六拍舞步。龍用右手環住我的腰，就像是要引導我一般；接著，他的左手牢牢地抓住我的手，變為正式的舞姿。

我們凝視著彼此，踩著舞步。不知幾時間，雙腳從舞廳的地板上浮了起來，宛若走上透明的階梯一般，一面在空中旋轉，一面往半場的圓頂上升。心跳加速的高昂感讓我的臉上忍不住流露出笑意，龍睜大眼睛，看著這樣的我。

人魚仰望著我們。看到她們臉上的笑容，我稍微放下了心中的大石頭。人魚對龍忠心耿耿，但願對她們而言，我並非礙事者。

城堡的圓頂迸出了粒子，一道光芒猶如彗星般升空。
那就是我和龍。
在淹沒天空的點點繁星之間，我們相互依偎，宛如人造衛星一樣地旋轉。

你說你　可以獨自生活
其實是　夜深人靜時安慰自我

可是我　情不自禁
無論是怎麼樣的你
只要是你　都百看不厭

讓我聽聽　你試圖隱藏的臉孔
讓我看看　你隱而不見的心　讓我聽聽
任何小事都可以　我會傾聽到底
敞開你的心房　讓我陪伴你

我一面跳舞，一面凝視著龍。

龍用依然帶著困惑之色的眼眸凝視著我。終日戰鬥的龍。任何戰鬥以外的事物，對他而言似乎都是初次經歷。

思及此，我清楚地感覺到心中萌生一股直教人難以喘息的愛意。在這股情感的驅使之下，我將手放到龍的臉上，慢慢地將臉靠上去，並緩緩閉上眼睛，噘起嘴唇。

龍大吃一驚，緊緊地閉上雙眼。

或許時候還太早了。

我微微一笑，輕輕地將臉頰靠向龍。

初吻暫且保留。

龍一臉抱歉似地伸手擁我入懷，緩緩地閉上眼睛。

之後，我們回到了城堡。

滿天星斗底下，我們依偎在幽暗的陽台上，龍毫無防備地在我的懷中沉睡著。

不知過了多久？

鏘！某處突然傳來陶器碎裂般的聲音。

龍猛然睜開眼睛，發出了痛苦的低嗚聲。

「嗚……嗚嗚……嗚嗚嗚……嗚嗚……」

「怎麼了……？欸……」

我詢問，然而龍並未回答。他摀著臉站了起來，一面發抖，一面走向另一頭，可是走到一半，便難以支持，跪倒下來了。

此時，我目睹了難以置信的光景。

龍背上的斑紋不自然地顫抖著。

活像正被某種看不見的東西毆打一般。

龍發出了強忍痛苦的聲音。

「嗚……！嗚……！嗚……！嗚……！」

我不知道該如何解讀眼前的事態。

「發生了……什麼事……？」

「不……不要……看……！」

龍吃力地回過頭來，用痛苦的眼神望著我。

天使Aｓ躺在陽台的地板上看著他，似乎早已司空見慣。

我對龍喃喃說道：

「你……是誰……？」

「…………」

龍沒有回答。

只有無數的星星在眨眼。

不安

教室窗外下著綿綿細雨。

小弘拄著臉頰，一面捲動畫面，一面唸出『U』的對話框內文。

〈貝兒不開演唱會了嗎？〉〈我想聽貝兒的歌聲。〉〈為什麼不唱了？〉〈是怕又會有人鬧場吧！〉〈都是龍的錯。〉〈快點被揭紗啦！〉

我坐在椅子上，抱著膝蓋聆聽大家的話語。

一字一句都讓我心痛。

「別再去打擾龍了。不知道祕密也沒差啊！」

「就算我們放棄也沒用。『U』可不是我們班上那種芝麻綠豆大的社群團體，已經沒有人可以阻止了。」

小弘切換到某個匿名留言板。

〈龍啊，快點消失吧！〉〈龍沒有任何價值。〉〈龍沒有存在意義。〉

無意識的惡意密密麻麻地排列著，不留任何情面。

我放在桌上的智慧型手機播放著賈斯汀軍團的影片。

〈龍是危害『U』的秩序的危險分子。徵求關於龍的新情報。標註＃Unveil_the_Beast。〉

無論在任何地方，龍都逐漸被逼上絕路。

鬍子臉男性收看的直播影片中，有某個As正在大呼小叫。

〈龍是個長得像仙人一樣的死老頭！〉

公園長椅上的戴眼鏡女孩收看的直播影片中，有某個As如此反駁。

〈龍的真實身分是天才電玩少年！〉

正在上課的國中女生藏在桌子底下的智慧型手機畫面裡，有某個As輕聲說道。

〈龍的內在是個大騷貨。〉

穿著橄欖球衫的男人倚著更衣室牆壁，收看直播影片。

〈聽說龍其實是個大富翁？〉

老邁的母親和女兒坐在家裡的沙發上，一起收看影片。

〈和他對戰，我受到了精神傷害，我要求損害賠償。〉

在女性收看的八卦影片中，記者正在採訪耶利內克和新女友。

『耶利內克，才剛死了女朋友就在約會啦？』

擁有金色捲髮與褐色皮膚的豐腴新女友在眾多麥克風前回答：

『他最棒了！』

另一個直播影片中，白皮膚黑髮的前女友目光熠熠地控訴：

『等等，我沒死！』

『哎呀，妳還活著？』

新女友瞪大了眼睛。

在另一個影片中，耶利內克如此辯解。

『我又沒說死的是她。』

前女友在盛怒之下爆料：

『剽竊是他的看家本領，刺青也是看了龍以後抄來的。』

『她在說謊！』

耶利內克不知所措地把手放在額頭上，搖了搖頭。

前女友繼續爆料：

『他是個大騙子！』

新女友聳肩笑道：

『輸家就乖乖閉上嘴巴吧！』
『妳說什麼？』
前女友橫眉豎目。
焦躁的耶利內克再也按捺不住，擋住了鏡頭。
『剽竊？絕不可能！』

牛羚隊外野手福斯是個沉著穩重、惜字如金的人。他平時待人和善，面對球迷也都是笑容滿面，即使受到批判，也不會因此顯露不悅之色或做出情緒化的反應。他並不認同「棒球只要拿出成績和數字就行」的看法，反而認為成績越好，就該更加謙遜。光靠自己一個人是無法成事的。多虧了隊友、球迷、對賽球隊與所有喜愛棒球的人，自己才能站在這裡。

然而，他有種感覺，這次針對自己的八卦報導——或該說惡質的敵意是不容忽視的。一板一眼的他認為自己必須澄清事實才行，而問題在於要用哪種方法澄清。
他選擇的方法是拍攝個人影片，傳達訊息。
他決定在家裡的書齋進行直播，比較安靜。他用三角架固定智慧型手機，按下了直播鍵。

穿著高領緊身衣的福斯拿下球帽，放到邊桌上，靜靜地娓娓道來。

「我向來不在別人面前裸露身體，所以有人懷疑我在隱瞞什麼。前一陣子，也有人對著我怒罵，說我就是『U』裡頭的龍。不過，我既不是壞蛋，也不是火爆浪子。我想當孩子們真正的英雄。」

福斯緩緩起身，脫下了緊身衣，在鏡頭前露出了過去從未示人的上半身裸體。只見他的身上有著巨大的蟹足腫狀手術疤痕。脖子下方至胸部正中央、右胸腋下、腹部上方及腹部正中央都有傷疤，右半身還有斑斑點點的引流管孔痕。可說是傷痕累累。

「希望沒嚇到大家。小時候，我得了很棘手的疾病，動過幾次大手術。不過，多虧了這些手術，我才能打棒球。」

福斯淡然說道，把手放在胸口上。

「所以，我希望看到影片的孩子們也別放棄夢想。但願這段訊息能夠正確地傳遞出去。」

『U』有許多大型螢幕在播放福斯的直播影片。他自行暴露怵目驚心的傷疤，確實給觀眾帶來莫大的衝擊，但隨著他的真情告白，肯定的對話框逐漸占了上風。

『U』的Aｓ們以熱烈的歡呼接納了真誠的福斯。
小弘Aｓ看著畫面，盤起手臂。
「唔～～」
福斯是她的懷疑對象之一，如今推測落空，讓她傷透腦筋。
「這麼說來，龍……」
隨侍的人魚們正在睡覺。自從城堡共舞以來，小弘Aｓ就成了照顧人魚的老大姊。
突然間——
「不可原諒！」
有道耳熟的聲音傳來，小弘Aｓ回過了頭。
「啊！」
浮現的大畫面上打出了訊息廣告。
〈You hurt me。〉（你傷害了我。）
並用各種語言寫著這段文字。
該不會是……？小弘Aｓ好奇地上前觀看。
畫面前方，一個抱著小熊布偶的嬰兒Aｓ正在歇斯底里地大叫。
「不可饒恕！傷害我的人全都不可饒恕！」

「妳該不會是……理想主婦吧？」

「啊？」

嬰兒Aｓ（斯旺）被說中了，一副作賊心虛的模樣。

小弘Aｓ瞪大眼睛問道：

「為什麼是嬰兒？」

「真、真正的我是個心靈純潔的人！」

「少騙人了，妳是覺得用可愛的頭像，說再難聽的話都會被原諒吧？」

面對這個毫不容情的指摘——

「嗚嗚嗚……！吵死了！」

嬰兒Aｓ突然把小熊布偶扔了過來。

「哇！」

趁著小弘Aｓ退縮之際，嬰兒Aｓ一溜煙地跑掉了。小弘Aｓ失落地垂下肩膀。斯旺也是她的懷疑對象之一，而她的推測又落空了。

『Ｕ』的中心和時代廣場一樣，有好幾個比鄰相連的大型螢幕，在這些螢幕上，映出了各種面貌的貝兒——也就是我。看著螢幕的Aｓ們冒出了無數的對話框。

〈欸，貝兒真的又要開唱了嗎？〉〈那只是謠言啦！〉〈可是聽說她要辦驚喜演唱

曾。〉〈那是亂傳的。〉〈可是，如果是真的……〉
目前我還沒有開唱的打算，大家卻擅自期待、失望，又重燃希望。我不知道該如何回應，只能用披肩遮住困惑的臉。
「………？」
我感覺到一股氣息，心下一驚，回過了頭。
不知何時，賈斯汀軍團的幹部們已團團包圍了我。
他們是趁著我和小弘Ａｓ及人魚們短暫分開的落單期間行動的。
「………！」

我就這麼成了階下囚。
披肩和外套掛在衣帽架上，而我則是被迫坐在木椅上。除了天花板上的照明照耀的圓形大理石地板以外，周圍一片漆黑，彷彿置身於舞台上一般。
賈斯汀穿著黑色西裝，打著領帶，對我展示右手的紋章。
「妳知道這道光為何是正義的力量嗎？」
「──」
我沒有回答，賈斯汀收起了紋章。

「通常，透過裝置讀取的生物資訊會經由特殊程序變換為As，但是這道光可以將變換全數無效化，讓本尊直接顯像於『U』的空間上，這就是揭紗的原理。換句話說，我擁有和造物主『Voices』同等的權限。」

「——」

「話說回來，妳從來沒有想過這個問題嗎？『為何網路內側沒有警察？』如今現實和『U』無限趨近，『U』卻沒有警察功能，未免太不合理了。這是每個人都有的疑惑，對吧？理所當然的疑惑。可是，『Voices』卻說『維持公平性所需的功能已經齊備』，完全不當一回事。」

賈斯汀義憤填膺地望著遠方。

「然而我們並不這麼想。任何地方都有壞人，都有製造麻煩、擾亂秩序的人，都有為所欲為、嘲笑世人的人。對抗這些人的力量是不可或缺的。無論任何地方，都需要正義，都需要鏟奸除惡的力量。而我們就是正義。」

他熱血沸騰地用右拳擊打左掌。

「——」

「龍，醜惡的龍。他正是為了維護『U』而必須被揭紗的存在。可是——」

賈斯汀緩緩地轉向我。

「妳為什麼老是與龍為伍？」
我也反覆自問過這個問題。
「為什麼⋯⋯⋯⋯」
我的胸口和那一夜一樣，別著淡桃紅色玫瑰。我目不轉睛地凝視著它。
賈斯汀面無表情地俯視著我。
「說出龍的下落。別以為閉上嘴巴就沒事了。說，立刻說出來。要不然——」
他將右手化為獅頭對準我。
「我就當場將妳揭紗。」
「——」
然而，我並不像之前那樣動搖。
「⋯⋯就算知道，我也不會說。」
「什麼？」
我仰望著他，靜靜地說道：
「你才不是正義，只是想逼迫別人屈服而已，所以我不會說。」
「⋯⋯！」
賈斯汀勃然大怒。

他的大手突然抓住了我的頭。

「嗚！」

衣帽架倒了。就像是扣下了擊錘一樣，透鏡體從獅頭中出現。椅子仰倒下來，在晃動之下，胸口的玫瑰掉落了一片花瓣。

「？」

賈斯汀抓著我的頭，把透鏡湊到我面前，用怒氣騰騰的聲音恫嚇我。透鏡開始發光。

「妳要是膽敢再汙衊我，我絕不饒妳。妳以為我沒有揭紗的能力是吧？很好，這就來試試看吧！」

我掙扎著想逃走，卻被強勁的力道壓住，完全無法抵抗。

「風靡全球的歌后究竟是何方神聖？在那美麗的外皮底下隱藏著什麼樣的面孔？我大概想像得到。反正……」

心頭猛然一震。

「一旦真相暴露，還有誰會認真聽妳唱歌……？」

賈斯汀目露凶光，語帶嘲弄，彷彿以傷害別人為樂。

「不想被揭紗的話就老實招來。那小子是誰？現在人在哪裡？」

無路可逃，或許這次真的完蛋了。

就在我萬念俱灰之際。

「在找東西嗎？」

某處傳來了熟悉的聲音。

「啊？」

賈斯汀側眼望去。

剛才明明身在昏暗的房間，不知幾時間，卻變成站在晴空萬里的白色沙漠上。

「這是怎麼回事？」

「我只跟你一個人說，別告訴別人喔！」

是人魚。

她們在碧水湧現的綠洲前呵呵呵、哈哈哈、咯咯咯地笑著，繞著圈子打轉，充滿了蠱惑感。

「唔……」

面對如此奇妙的狀況，動搖不已的賈斯汀大喝一聲，甩開了人魚。

「吵死了！」

人魚立即如小魚般散去。

同時，一道巨大的火焰轟隆竄升。

「啊啊？」

賈斯汀啞然無語地仰望火焰。

火焰竄升至天花板，持續渦漩；然而，一眨眼間，灼熱的火焰又化為大量的水沫。

猶如瀑布般沙沙落下的數道水柱猛烈地拍打賈斯汀的身體。

「唔！混帳！」

賈斯汀淋成了落湯雞，被耍得團團轉。

抬起頭來一看，水流之間有個戴著頭巾的小人魚。

「啊！」

視線一對上，人魚便慌忙逃走了。

賈斯汀一面瞄準人魚，一面靠近，狠狠地揮出右拳。

「呀！」

小人魚被輕易地打飛了。

水沫也在瞬間消失無蹤。

「哈……哈…………」

不知幾時間，貝兒已經失去了蹤影，眼前只剩下圓形大理石地板。

賈斯汀慎重地環顧四周，彷彿在整理大夢初醒時的混亂一般。

「……？」

倒在地上的椅子邊有片淡桃紅色的玫瑰花瓣。

賈斯汀用手指捻起花瓣。

微微斜過來，一瞬間可透著光看見數位資料。

「……」

賈斯汀面露賊笑，似乎打起了什麼歪主意。

在小弘Ａｓ的引導之下，我匆匆忙忙地趕往主街的公園。

「謝謝妳們來救我。」

我向眾人魚道謝。

人魚們點了點頭，照料剛才被打得眼冒金星的小人魚。

「真的好險。」

小弘Ａｓ鬆了口氣。

然而，我心中的陰霾並未因此一掃而空。

因為我知道龍的處境變得比以往更加危險了。

傍晚時分，我環抱著穿著牛仔褲的膝蓋，看著福加在庭院裡吃飯。

然而，我滿腦子都是龍。

「他越來越危險了，我必須幫助他……必須保護他……」

此時，傳來了一道聲音。

「鈴。」

「……啊？」

我反射性地站了起來。

是爸爸。

我完全沒察覺他回來了。我縮起身子，滿懷戒心地低聲說道：

「……什麼事？」

「如果妳遇上了什麼麻煩——」

「沒有。」

「可以跟我說。任何事都行——」

「沒有啦！」

我拒絕爸爸的提議，從庭院奔回屋裡，穿過客廳，跑上二樓，衝進自己的房間裡，並迅速地關上了門。

「……………」

被留在原地的爸爸不知是什麼感受？我暗自想像。他一定很討厭我這個任性的女兒吧！

事後，我下了一樓，看到爸爸當時拿著的紙袋就放在廚房裡。袋子裡的成熟水蜜桃散發著甘甜的香味。

旁邊的紙條上留了字。

——這是同事送我的，妳拿去吃吧！

綠意盎然的夏天。

廢棄小學的體育館裡傳來了聖歌隊的女性成員們的歌聲。

「人口越來越少，這個地區確實步上了逐漸消失的命運。美麗的山脈和波光粼粼的清流，都不會有人觀賞了。其實除了大都市以外，每個地方都是這樣；所以，這裡或許是這個國家未來的模樣。」

聽眾專注地聆聽女性成員們的話語。他們是從其他縣市前來觀摩的，同樣為了人口減少而煩惱，其中女性占了一半。

喜多太太平靜地說道。

「常有人問我：『那妳為什麼要住在這裡？』」

畑中太太對聽眾說道：

「『大都市不是比較方便嗎？』這話一點也沒錯。」

奧本太太手扠著腰說道：

「那我們為何還要留在這裡？這是因為——」

擺在直立式鋼琴上的照片裡的是十幾年前的女性成員們，還有當時只有六歲的我與媽媽。

中井太太回憶往事說道：

「因為這裡還有一個孩子。我們一路看著她長大，就像是我們自己的孩子一樣。為了這個孩子，我們要好好加油，努力減緩故鄉消失的速度，直到她離巢的那一天到來。」

聽眾全都專心聆聽，一動也不動。

就像是要緩和氣氛一般，吉谷太太歪起頭來，微微一笑。

「……呵呵呵，前言太長了。現在就請各位欣賞我們的歌曲吧！」

其他人也露出笑容，擺好樂譜。

歌聲響徹了體育館。

照片上的這些比如今年輕十幾歲的女性成員們笑容十分美麗。

而她們現在依然一樣美麗。

小戀曲

隨著汽笛聲響起，通往須崎的火車駛離了伊野站。

放學回家的我出示月票，穿過剪票口。

坐在候車室長椅上的女生一看見我，便立刻站了起來。

「小鈴。」

在她的呼喚之下，我回過了頭。

「瑠果……」

她怎麼會跑到這個車站來？

瑠果滿臉急切之情，似乎等不及和我說話。她的肩膀上雖然背著中音薩克斯風箱，但是現在時間還早，不難想像她有特地向社團請假到這裡來的理由。

我和瑠果搭上了回家的巴士。

一起在沿著山地蜿蜒的國道上顛簸。

瑠果說碧澄澄的仁淀川與白色河岸形成的對比很美。我很高興她如此讚美我的家鄉，但她總不會是來看風景的。想必是不好意思開口談正題吧！

在巴士站下了車以後，我們倆一起走上沉下橋。雲影落到了群山之上，緩緩移動。

「我觸礁了。」

瑠果突然說道。

「觸礁？」

「小鈴替我加油，所以我鼓起勇氣出航了。」

「嗯。」

「可是到了心上人面前，我什麼話也說不出來。」

「嗯。」

「結果他說：『妳那是什麼反應啊？很噁心耶！』……」

瑠果在橋中央停下腳步。

「咦咦？這是什麼話啊？」

「不，也難怪他那麼說。誰教我一點自信也沒有，實際上是真的很噁心……」

瑠果搖了搖頭，露出笑容，隨即又無精打采地垂下了頭，閉上眼睛。為什麼要讓這麼可愛的女孩如此傷心？

「才不會呢！怎麼可能！忍太過分了吧！」

瑠果驚訝地抬起臉來，揮動雙手否定。

「咦？不是、不是。」

「啊？不然是誰？」

瑠果垂下了頭，難以啟齒地輕喃：

「……千頭。」

「千頭？」

她困擾地閃動眼眸，擠出聲音說道：

「千、頭……慎、次郎……」

「頭慎？」

瑠果閉上眼睛，點了點頭。

回到家以後，我到廚房泡茶。

我拿出冰箱裡的水蜜桃，切片放入冰紅茶中。

瑠果在庭院裡，完全不害怕少了右前腳尖的福加，一面撫摸牠的頭和下巴，一面把臉湊上去。

「嗯～好可愛喔！哈哈哈哈！」

福加猛搖尾巴，毫不客氣地舔著瑠果的臉頰。

我在緣廊坐了下來，和瑠果一起喝水蜜桃冰茶。

鏗鏘！冰塊發出了清涼的聲音。

「好好喝。」

「那就好。」

福加豎起尾巴坐在瑠果的腳邊，顯然很喜歡她。

瑠果放下杯子，側眼看著我。

「這下子我知道小鈴喜歡誰了。」

我慌忙用手制止她。

「啊，不行，別說出來，我會死掉。」

「嗯。話說回來，是從什麼時候開始的？」

瑠果窺探我的臉龐。

我仰望天空，回憶往事。

夏天的積雲緩緩地成長。

「六歲的時候，他對我說『我會保護妳』。起先我以為他是在跟我求婚，後來才知道那其實是『如果有人欺負妳，我會保護妳』的意思，根本不是求婚。」

「……」

「我媽過世以後，我老是在哭，班上的同學沒人敢靠近我。大概是因為這樣，他才以為我被欺負吧！所以……」

我用缺了口的馬克杯喝冰茶。

瑠果一直凝視著我，直到我放下馬克杯；接著，她微微一笑，望向前方，改變話題。

「這麼說或許有點奇怪，我一直覺得他活像小鈴的媽媽。」

「媽媽？」

「因為明明什麼事也沒發生，他卻開口閉口都是：『沒事吧？』『不要緊吧？』一個大男生老是這樣，真的很不可思議，對吧？忍這個人……」

瑠果察覺自己說溜了嘴，用修長的手指掩住嘴巴。

「啊……不小心說出來了，呵呵呵！」

她笑了。

我也跟著笑了。

「哈哈哈，我死掉了。」

兩人一起大笑。

「哈哈哈哈哈！」

我們再次坐上巴士，回到仁淀川沿岸的國道上。抵達伊野站以後，我們下了巴士，一面聊天，一面走進車站。通往高知的火車已經到站了。

瑠果在剪票口前回過頭來。

「下次要帶我去那所充滿回憶的小學喔！」

「嗯。」

「我會再來的。」

「嗯。」

我回以笑容。

瑠果瞥了候車室的角落一眼，似乎發現了什麼。

「啊！」

她輕聲叫道。

我循著她的視線望去。

只見有個男生坐在長椅角落玩手機。

「……頭慎。」

「啊！」

頭慎依然坐著，只把頭抬起來。

瑠果凝視著他，動也不動；頭慎也沒有移開視線，動也不動。尷尬的時光不斷地流逝。火車和巴士像是等不及似地各自出發了。

我打量位於候車室兩端的兩人。

我必須說點什麼。

必須打破這個僵局——

「呃、呃，暑假我們一起出去玩吧！瑠果，妳想去哪裡？欸，頭慎，你知不知道哪裡比較好玩？」

「我不能去。」

「為什麼？」

「全國大賽。」

「啊，對喔，你說過。啊，那我們會去看比賽，是在哪裡比？不管在哪裡我們都去。」

「北海道。」

「……唔，太遠了吧！」

「沒辦法啊！」

「不能在近一點的地方比嗎？」

「又不是我決定的。」

「加、加、加……」

瑠果突然發出聲音。

「加、加油！」

「……加油？」

「全國大賽……」

瑠果用細若蚊蚋的聲音說道。

頭慎對加油二字起了反應。他從長椅站了起來，肩膀上依然掛著運動包。

「加、加油……？」

「頭慎。」

「我說小鈴啊……」

「什麼事？」

「渡邊說要替我加油……」

「嗯。」

「是不是代表她，咳，有點喜歡我啊？」
瑠果雙手提著的書包啪一聲掉到了地板上。
頭慎像是早已準備好似的，立刻接著說道：
「我亂說的啦亂說的，只是在開玩笑，開玩笑！」
他伸出雙手做出制止動作，面露苦笑。
然而，瑠果卻用雙手摀住變得一片通紅的臉，默默地垂下了頭。
「…………咦？」
不明就裡的頭慎看著我，用眼神詢問是怎麼一回事。
我對著頭慎用力地點了點頭，示意沒錯。
「咦…………？」
依然不明就裡的頭慎又看了我一次，用眼神詢問：咦？這代表？
我又對他用力地點了一次頭，示意沒錯。
頭慎總算理解了。
「咦咦咦咦？」
他整個人往後仰。
好一陣子都是愣在原地，動也不動。

之後，他以後仰姿勢靈活地倒著走出車站。

「啊！等、等等！」

我追了上去。

我在車站外頭逮住了頭慎。他大為混亂。

「你幹嘛逃走啊？」

「因為從來沒有女生跟我說過喜歡我啊！」

「剛才不就有一個？還替你加油。」

「……哦。」

「你不開心嗎？」

「……開心。」

「那就好好應對啊！」

「……哦。」

頭慎用生硬又奇怪的走路方式走到瑠果面前。

「渡……我…………」

他帶著僵硬的表情，對雙手摀著臉的瑠果說話。

然而——

「啊啊啊啊啊！」

他再次以後仰姿勢靈活地倒著走出車站。

「啊！等、等等！」

我追了上去。

我在車站外頭逮住了頭慎。他更加混亂了。

「我不知道該跟女生說什麼。」

「說什麼都可以，比如謝謝，或是我會加油。」

「……哦。」

「好好表達。」

「……哦。」

過了一會兒，頭慎用生硬又奇怪的走路方式走到瑠果面前，以後仰姿勢停了下來。

「…………」

他帶著僵硬的表情，對雙手摀著臉的瑠果說話。

「渡、渡邊。」

「……是。」

瑠果把雙手從臉上拿開。

「妳……平常都在做什麼？」

「……玩音樂。」

瑠果展示右肩上的薩克斯風箱。「千頭平時都聽什麼音樂？」

「貝、貝兒的歌之類的。」

「？」

突然的發展令我心驚膽跳。

瑠果的表情倏然亮了起來。

「啊，我也常聽貝兒的歌。」

頭慎也笑了。

「真的？跟我一樣。」

「我很崇拜她，如果我像她那麼會唱歌就好了……說了你或許會笑我，有人說我長得有點像她。」

「？？？」

我往後倒仰，險些跳了起來。

「不會啊！妳長得和她超像的。」

「可能是我自我意識過剩。」

「不會啊！真的超像的。咦？為什麼？親戚？妳們是親戚吧？」

頭慎一本正經地說道，瑠果用手背冷卻發燙的臉頰。

「……好害羞。」

我以後仰姿勢悄悄地倒著走出車站，以免被兩人發現。

頭慎說起話來比剛才自然多了，瑠果也放鬆了許多。

「我爺爺在函館的造船廠工作，每到夏天，我們全家都會去函館，所以……我真的可以去全國大賽替你加油嗎？」

「嗯、嗯，如果妳真的來替我加油，我一定會贏的，拭目以待吧！」

「……嗯。」

穿越車站的圓環，來到前方的路口以後，我回望車站，把手放在撲通亂跳的胸口上。

「好險……」

我鬆了口氣。每次在街頭聽到貝兒的話題，我的心臟總是撲通亂跳，巴不得立刻躲起來；話題是出自於瑠果與頭慎之口，就更是不用說了。

「不過……希望他們能夠順利發展。」

尷尬化解以後，他們之間的氣氛變得很好，一定會很順利的。只要沒有人阻礙他們

「鈴！」

這道聲音傳來，我回頭望向路口。

只見忍在紅燈另一頭的超商前看著我。

「……啊！」

「妳有看到頭慎嗎？」

我回頭望著車站，隱約可以看見兩人在說話。

「嗯，沒有。」

我點頭又搖頭。

「是有還是沒有？」

「嗯，沒有。」

我點頭又搖頭。

現在是關鍵時刻，別打擾他們——我的動作中帶有這樣的意念。

幾輛車子從我們之間呼嘯而過，衣服和頭髮隨著風沙翻飛。

忍改變了話題。

「鈴，呃……有件事我一直開不了口。」

「咦？」

「鈴……」

忍看起來像是要說什麼重要的事。

「啊……！」

我預先做出了推測。該不會，不，怎麼可能？可是，萬一真的是……不，絕不可能。可是，可是……我的臉頰變紅了。時機再次到來了嗎？現在是否就能說出我一直想對他說的話？

「忍、忍，對不起！我也有件事一直開不了口。」

「……嗯。」

「其實我……」

「我知道。」

「其實我喜——」

「鈴，妳就是貝兒吧？」

「咦？」

我在一瞬間凍結了。

「其實貝兒就是妳吧？」

忍隔著馬路斷然說道。

我太過震驚，渾身發抖，感覺猶如腳底下開始崩塌，就快掉下去一般。

「啊啊啊啊啊啊！」

「鈴。」

幾輛車子駛過我們之間，衣服和頭髮隨風翻飛。

我隔著車子否認。

「不、不不、不是！」

「鈴。」

「不是啦！」

我哀嚎似地叫道。

車子接連駛過我們之間。一陣強風吹來，忍瞇起了眼睛。

車子全數通過以後，馬路的另一側已經空無一人了。

「啊！」

忍四下張望，尋找剛才還在馬路對側的我。

「鈴？妳在哪裡？鈴？」

我拔腿就跑，逃到了仁淀川邊的河岸。

「呼哈，呼哈，呼哈，呼哈！」

我大為動搖。

雙腳不斷顫抖，使不上力；我跪在地上，抱住腦袋猛搖頭。

「啊啊啊啊啊！」

天啊！忍居然知道了。我拚命隱藏的祕密，居然早就被最不想讓他知道的人發現了。好丟臉，一切都完了。我萬念俱灰。

「啊啊啊啊啊，怎麼辦！我沒臉再見忍了，沒臉再見了……」

我用雙手摀住臉，一面發抖，一面哭泣。現在的我也只能哭了。

就在這時候，響起了來電鈴聲。

「啊？」

我接起電話，智慧型手機的另一頭傳來了小弘的叫聲。

『鈴！龍出事了！』

真實身分

賈斯汀軍團在廢墟單元集結。

從公園區塊穿過通往摩天大樓區塊的閘門之後，「隱藏的深淵瀑布」、「奇妙的原生森林」和「平坦的淺灘」一閃而過，視野化為一整片的雲海。這些地方原本是抵禦外人入侵的防護牆，賈斯汀軍團卻在一瞬間便通過了，活像持有專用的通行碼一樣。

雲海散去，現出了龍的城堡。

然而，城堡已不再是從前的封閉空間，而是和『U』的主街一樣，暴露於一般空間之中。

從任何角度都可以清楚地看見龍的城堡。

〈龍的城堡。〉〈終於……〉〈曝光了……〉

所有Asには都緊張兮兮地關注事態的發展。接下來會發生什麼事？

砰！城堡大門被攻破，大批隊員一擁而上。

「喔喔喔喔喔喔！」

寬敞的入口大廳轉眼間擠滿了隊員。他們各自拿著鐵鎚、電鋸或電鑽，爭先恐後地走上大樓梯，肆無忌憚地在走廊上奔跑，並在城堡內的各個地方大肆破壞。

就連玫瑰中庭也無法倖免。這些隊員大刺刺地入侵，蹂躪花園；淡桃紅色玫瑰與黑色玫瑰全都被殘忍地連根拔起、砍成數段，或是狠狠踐踏。

賈斯汀對『U』的所有As宣告：

「我們絕不會手下留情！一定會將龍的本尊昭告世人！」

他的指尖上的是當時撿到的玫瑰花瓣。他分析花瓣的資料，成功找出了龍的城堡的所在位置。

「一定要他在所有『U』的居民面前贖罪！」

賈斯汀宣告完畢之後，背後便陸陸續續地冒出許多企業的商標。贊同賈斯汀軍團的贊助商遽增至前所未有的數目。

「呵呵……」

賈斯汀回頭清點，露出了心滿意足的笑容。

〈龍終於要被揭紗了。〉

許許多多的As來到街頭，關注事態的發展。

『U』主街上的大型電視牆播映著龍的城堡實況轉播和龍的肖像特寫，肖像上打上了「WHO IS THE BEAST」文字。

〈到底是誰？〉〈大家都想知道。〉〈聽說是還沒被逮捕的變態殺人狂。〉〈是靠著惡質逃漏稅賺大錢的企業家啦！〉

肖像被無意識的惡意對話框淹沒了。

〈龍啊，快點消失吧！〉〈龍沒有任何價值。〉〈龍沒有存在意義。〉

咬牙硬撐丸和卸下偽裝太郎的 YouTube 頻道也在轉播龍的城堡實況。

咬牙硬撐丸大叫：

「喂，龍！你看見了嗎？啊？」

卸下偽裝太郎冷靜地說道：

「他應該沒看見。」

「全世界的小孩都在看實況轉播，替你加油！你看見了嗎？龍！啊？」

「他沒看見啦！很遺憾。」

卸下偽裝太郎唸出了從世界各地傳送訊息來的小孩名字。

「Ian 小弟弟，13歲；Harper 小妹妹，14歲；Amelia 小妹妹，12歲。」

『大人都在欺負龍！』

小孩透過智慧型手機提出控訴。

「你聽見了嗎？啊？龍！」

「接下來是 Oriver 小弟弟，11歲；Liam 小弟弟，10歲；Emma 小妹妹，9歲；Aida 小妹妹，10歲。」

『龍好可憐！』

「這些孩子真乖，好可愛。」

「接下來是 Camille 小妹妹，16歲；Jake 小弟弟，13歲。他們是忠實觀眾。」

『快點去救他！』

「謝謝你們常常回應！以後也要多多回應喔！」

「好，接下來是 Jiali 小妹妹，13歲；Yiran 小妹妹，12歲；Junjie 小弟弟，13歲；Haoran 小弟弟，12歲。」

『大家一起替龍加油！』

「聽到了嗎？龍！你真是個幸運兒！」

「接下來是 Charlie 弟弟，18歲；Leo 小弟弟，9歲，還有他的朋友。」

『還有時間。』

「對，還有時間。」

「接下來是 Tomo 小弟弟，11 歲。又見面了。」
『替龍、加油、吧……』
「14 歲的 Kei 小弟弟呢？」
卸下偽裝太郎詢問，但 Tomo 沒有回答，繼續說道：
『替龍、加油、吧……』
突然——
咚！
入侵者從天而降，兩人大吃一驚。
「哇！」
「加什麼油啊，白癡！」
戴著防風鏡的微胖年輕人指著 Tomo 的線上觀看人數，嘲笑道：「他們的觀看人數只有一位數耶！」
卸下偽裝太郎和咬牙硬撐丸立即反抗。
「是來鬧場的！從哪裡進來的？爛透了！」
「你是誰啊你！快滾出去！」
其他年輕人也在嘲笑孩子們的視訊聊天室觀看人數。

「太沒影響力了！」「龍快消失吧！」「快消失吧！」
「住手，這裡是我們的地盤。」
「滾出去！可惡！住手！」
又有另一批年輕人嘲笑小孩的努力。
「只有這點觀眾還喊得那麼用力！」「龍是自找的！」「自找的！」
「別鬧了！太過分了！住手！」
「豬頭！白癡！滾出去！」
咬牙硬撐丸對著入侵者的影像使出了好幾記飛踢。

「…………！」
我猛然站了起來。
小弘在電話的另一頭叫道：
『在廢校會合！』
「嗯！」
我忘了自己剛才還在抱頭痛哭，用上最快的速度跑過河岸。
我邊跑邊將裝置戴上耳朵。

噹！確認聲響起，智慧型手機裡的『U』APP啟動了。

開始進行體驗共享。

我把手放上『U』的入口大門，迅速地推開。

煙霧四竄的龍的城堡就在眼前。

我跨越被打破的大門，進入裡頭。

只見入口大廳被隊員們破壞得面目全非，柱子和扶手上的雕刻全都化成了普通的瓦礫。我走上大樓梯，穿越走廊。牆壁變得坑坑洞洞，門板被拆下，天花板的玻璃也被砸了個粉碎。

來到舞廳入口，我忍不住倒抽了一口氣。

人魚們一個個倒在地上。

「哈……哈……哈……」

個個傷痕累累，痛苦地喘著氣。

「啊啊……」

我奔上前去，跪了下來，用雙手捧起白海參人魚。

「怎麼會……」

是被誰打傷的？

傷痕累累的人魚一臉痛苦地轉向貝兒，微微睜開眼睛，喃喃說道：

「保護、主人……」

她的忠心耿耿令我感動不已。她雖然只是個小不點，卻如此關心龍。淚水模糊了雙眼。我能夠做什麼來回報她們的忠誠？

一陣腳步聲傳來。

「啊？」

賈斯汀帶著幹部來到了舞廳。他傲慢地盤起手臂，俯視受傷的人魚。

「誰教她們不肯替我帶路去找龍？」

我仰望著他，發出譴責：

「太過分了……居然做出這種事。」

賈斯汀輕輕地歪了歪頭。

「別放在心上，反正是A・I。」

彷彿在說沒什麼大不了的。

「……………！」

我感受到一股毛髮幾乎要為之倒豎的強烈怒意。對他而言，任何人都只是該被他支配的物品嗎？

隊員跑上前來報告：

「沒找到。」

「夠了，走吧！」

幹部們走向出口。賈斯汀回過頭來說道：

「放火燒掉這座城堡。」

我倒抽了一口氣。

「……！」

「無論他躲在哪裡，都會像水溝裡的老鼠一樣被燻出來。」

賈斯汀轉身離去。

「…………！」

我只能懊惱地咬緊嘴唇。

此時，白海參美少女人魚用眼神對我示意。

「看……後面……」

我依言望去。

岩石封閉的閘門映入我的眼簾。那個閘門以前是開著的，我還記得閘門上的漩渦狀的圖樣。

「我只跟妳一個人說……」

人魚緩緩地閉上眼睛，絞盡最後的氣力說道。

只見緊閉的岩石上出現了縱橫交錯的細長四角形切痕，分割後的岩塊逐一縮進了深處。

隱藏通道出現了。

我穿過閘門，走上殘缺不全的螺旋梯。方塊化的情況變得比先前更加嚴重了，想必不久後就會崩塌吧！走上樓梯以後，陽台映入眼簾。

「…………！」

龍倒在地上。

「……啊啊！」

我連忙奔上前去。

龍把手放到陽台的扶手上，試圖起身。

「呼……呼……嗚嗚嗚嗚……」

似乎不是軍團的攻擊造成的。他的模樣就和共舞的那一夜突然駝起背部痛苦掙扎時一樣。或許他又被某種看不見的東西毆打了。

我搭著他的背部——

「沒事了，冷靜下來。」

我邊拉扯著斗篷下襬，帶領他前往出口。

「別擔心。這裡很危險，跟我一起逃走吧！」

然而，龍卻氣喘吁吁地喃喃自語：

「我、我要忍耐……只要我繼續忍耐……一定會沒問題的……」

龍這麼說著，彷彿像在說服自己。

「……？」

龍的用詞似乎變得稚氣，不自然的感覺令我疑惑。

龍用溫柔的視線望著我。

「貝兒……沒有跟妳說真話，對不起……」

他輕聲說道，放在扶手上的手使勁一撐。

「啊，等等！」

我還來不及阻止，龍便迅速地跨越扶手，一躍而下。

「等等！」

朝下方一躍而下的龍身子一扭，乘著上升氣流，混在大量的城堡殘骸之中，飛向了主街。

我只能眼睜睜地看著他離去。

「……」

正如賈斯汀所預告，龍的城堡被點了火。

火苗四處竄出，轉眼間便延燒到整座城堡。

房裡暖爐上的照片也燒了起來，龜裂相框中的女性照片逐漸消失於烈火之中。

一切都在一瞬間燃燒殆盡。

彷彿整座城堡只是個紙模型一般——

頭慎與瑠果在伊野站的候車室裡一起看著智慧型手機。

忍來了。

「嗨！忍，你看，『U』陷入了大混亂。」

頭慎遞出畫面。

網路新聞播放著龍的城堡熊熊燃燒的畫面。鏡頭切換，映出了似乎正在尋找某人的貝兒，標題打著「Belle appears（貝兒現身）」。

忍目不轉睛地凝視著畫面中的貝兒。

「……鈴。」

「小鈴？」

「你們知道她去哪裡了嗎？」

「不曉得……」

瑠果突然靈光一閃。

「欸，剛才我和小鈴聊到回憶中的小學，那所學校在這附近嗎？」

「……！」

忍似乎想到了什麼，抬起頭來，快步離開車站。

「喂、喂，忍！」

瑠果擱下一臉困惑的頭慎，也跟著小跑步離去。

「咦？……瑠果！」

無可奈何之下，頭慎也隨後追去。

此時，我正好抵達了廢校的教室。

「鈴！怎麼這麼慢！」

小弘回過頭來叫道。

「抱歉！」

「我已經先自動搜尋可能相關的網頁了！」

相關視窗在大型螢幕的世界地圖上逐一開啟。

「必須在龍被賈斯汀抓到之前先找到他的本尊才行。」

「要怎麼找？」

小弘的口吻彷彿在說這是不可能的任務。

「他或許在遙遠的外國，又或許在地球的另一側。要從五十億帳號裡找出特定的某個人，我做不到！」

她哀嚎似地大叫。

「他在哪裡？欸，他去哪裡了？」

我在無數大樓閃耀的熱鬧大馬路上尋找他的身影，但是『U』實在太大，As實在太多了。

相反地，As們要發現我並不困難。

〈啊，是貝兒！〉〈貝兒？〉〈貝兒！〉

從指縫間查看，撩起頭髮查看。所有As都瞪大眼睛看著我。

〈是貝兒！〉〈真的是她？〉〈她果然來了！〉

Aｓ一個接一個地聚集過來。

〈太難得了！〉〈唱歌！〉〈唱歌！〉

「別這樣！我必須找到他才行！」

我一面懇求，一面往前進，但是轉眼間就被眾多Aｓ包圍了。

「讓我過去！拜託！」

我在Aｓ之間載浮載沉。Aｓ就像大浪一樣席捲而來，幾乎快將我滅頂了。

「啊啊……！」

接連聚集而來的Aｓ逐漸形成了球形的團塊。

〈貝兒終於要唱歌了。〉〈驚喜演唱會是真的！〉〈我等好久了，貝兒！〉〈我想聽貝兒的聲音！〉〈唱歌！〉

小弘Aｓ啞然無語地看著被吞沒的我。

「貝兒正在趕時間！大家快放開她！」

她拚命大叫，但是沒有人把她的聲音聽進去。

想聽貝兒唱歌的Aｓ不斷地被吸引過來，團塊變得越來越大。

「被包圍了。」

正在田裡除草的奧本太太透過智慧型手機看著這一幕。

「情況似乎不妙。」

站在大學講台上的畑中太太剛上完課。

「可是，要是我們現在去找鈴……」

圍著圍裙的喜多太太人在酒行裡，手肘正拄著內用酒桌。

「就會被她發現我們早就知道了。」

身穿白衣的中井太太剛結束今天的所有門診。

「不過……」

穿著連體下水褲在漁港工作的吉谷太太拿下了橡膠手套。

「走吧！」

吉谷太太一聲令下，群組交談中的聖歌隊女性便在各自的分割畫面裡一齊展開了行動。

小弘對著映在大型螢幕上的Aｓ們大叫。

「拜託你們！放開貝兒……！」

身旁的我靜靜地把手放在胸口上，閉起眼睛。

再仔細回想一次他真正的面貌吧——

『我受到傷害了！』

斯旺帶著銳利的目光叫道。然而，在視訊聊天室裡，我看到了斯旺笑語盈盈的另一面。而潛藏在兩種極端面貌深處的，是哭喊的嬰兒As呈現的孤獨之心。

龍是否和斯旺一樣，置身於孤獨的環境中？

『我在女朋友受傷的同樣位置刺了青。』

耶利內克在採訪中如此回答。網站上刊登了他本人展示蒼白皮膚上的刺青的照片。

可是，龍的斑紋絕不是設計過後的圖案。

『小時候，我得了很棘手的疾病，動過幾次大手術。』

棒球選手福斯如此告白。不過，龍身上的斑紋和手術疤痕這類真正的傷疤又不太一樣。

裝置會從本人的身體偵測炎症反應。我撞到額頭時，貝兒的額頭也出現了紅色痕跡。若是如此，龍的本尊身上或許也有和背部的斑紋相同的痕跡。

這麼一提，當我心痛難耐的時候，貝兒的胸口也出現了斑紋般的圓形痕跡；那種圓形痕跡朦朦朧朧地散發著溫暖的光芒。如果心痛也會變換為肉眼可見的形態，共舞那一夜，龍背上的斑紋不自然地顫抖，或許也是基於同樣的理由……？

還有，在星空中相互依偎時。

當時的他露出了孩子般的目光——

「孩子……？」

我猛省過來，睜開眼睛。

這時候——

啦啦啦……啦啦………啦啦啦………

某處傳來了小孩的哼歌聲。

「小孩的聲音……！」

似乎是從開啟的無數視窗之一傳來的。

啦啦啦……啦啦………啦啦啦………

「這首歌應該只有我和他知道……」

那是由我作曲，貝兒在舞廳裡演唱的歌，絕對錯不了。

「哪裡？是從哪裡傳來的？」

我拚命尋找螢幕中的視窗。

來到廢校的忍一行人在教室後方看著我們。瑠果一臉擔心地喃喃說道：

「小鈴……」

我拚命移動右手的滑鼠，撥開自動搜尋的大量視窗。

「哪裡？在哪裡？」

視窗一個接一個地移向四面八方。

啦啦啦……啦啦…………啦啦啦……

歌聲越來越近。

接著——我終於找到了那個網頁。

白色的房間裡，身穿白色連帽上衣的少年正凝視著鏡頭唱著歌。

啦啦啦……啦啦…………啦啦啦……

那是某個線上直播影片，畫面角落寫著〈LIVE／1人正在觀看〉。換句話說，只有我們在收看。

「…………！」

我猛省過來，定睛凝視。

我對這個雙眼無神、坐在椅子上唱歌的少年有印象。

「我好像在哪裡看過這孩子……」

我立刻想起來了。

他就是在咬牙硬撐丸的 YouTube 頻道上看到的那個少年。

『龍是……我的……英雄……』

和正常人似乎不太一樣的小孩。在相關影片中，除了少年以外，還有他的爸爸和哥哥。

『對，我們一家三口感情融洽，就算沒有母親，也過得很好。我們相互扶持……』

「這孩子怎麼會知道這首歌……？」

他為何哼著我和龍共舞時的歌曲？

「放大來看。」

小弘啟動影像編輯ＡＰＰ，逐步放大螢幕中的少年臉部；一旦畫質變模糊便進行修復，如此反覆下來，終於看出無神的黑色雙眸中映出的是誰了。

「…………！」

映出的是在龍的城堡舞廳中微笑的貝兒。

「貝兒……」

我一陣愕然，連眼睛都眨不了。

該如何解讀這個事實？

啦啦啦……　啦啦……　啦啦啦……

少年踩著搖搖晃晃的腳步走向房間深處。那是個寬敞的房間，但是幾乎什麼東西都沒放，顯得空空蕩蕩的。從固定的角度放眼望去，除了入口以外，只能看到一個小窗戶。白色牆壁上貼的是許多小鳥飛舞的壁紙，令人印象深刻。牆邊有張桌子，玻璃花瓶裡插著紅色玫瑰。

小弘詢問：

「這麼說來，這孩子就是龍的本尊囉？」

「可是有點奇怪……」

「哪裡怪？」

「我實在不覺得這孩子就是他。」

「的確。他身上好像也沒有斑紋……」

小弘話才說到一半——

砰！突然有道巨大的聲音在畫面中響起。

「啊？」

我睜大眼睛，看著螢幕。

「………」

少年的父親從入口緩緩走來。

從前在相關影片中看過他。據稱是單親爸爸，眉毛很粗，總是抬頭挺胸；粗壯的手臂從襯衫底下露出來，戴著看起來很高級的銀色手錶。

「知（Tomo），那是什麼歌？」

父親靜靜地說道。

「……………」

「爸爸在工作，你不知道這樣會吵到爸爸嗎？」

然而，知完全沒有理會父親，繼續搖晃身體唱歌。

畫面角落的 LIVE 顯示變成了〈2人正在觀看〉。除了我們以外，也有人開始收看這個畫面了。

知繼續搖晃身體。

父親目不轉睛地凝視著知。

「……………」

突然，他用左手摺倒了桌上的花瓶。

花瓶在地板上摔個粉碎，紅色玫瑰花宛若鮮血一般斑斑點點地散落在地板上。

知嚇了一跳，停止哼歌，活像斷了線的人偶，緩緩地跌坐下來。

「……………！」

見了這一幕，我啞然無語。

父親挑起粗眉，俯視著自己的孩子。

「你為什麼老是不聽爸爸的話？」

畫面角落的 LIVE 顯示又變回了〈1人正在觀看〉。剛才開始收看的人大概是嚇得退出了吧！除了我們以外，沒有人在觀看這個畫面。

父親靜靜地繼續說道：

「這個社會是有規矩的。同樣的道理，在這個家裡，爸爸說的話就是規矩。」

知面無表情地聆聽父親的訓誡。

「如果不守規矩，你就沒有任何價值了。要我再教一次你才懂嗎？」

說著，父親對他展示緊握的右拳。

「不懂的話……」

他會被打。我忍不住閉上眼睛。

然而，這時候——

「住手！」

一道銳利的聲音傳來。

另一個身穿黑衣的少年介入了父親與知之間。

「別責備小知！」

他和舉起拳頭的父親扭打成一團，設法制止了父親。

「閃開。」

「住手！」

「你那是什麼眼神？閃開！」

「啊！」

黑衣少年被推倒了，螢幕龜裂的智慧型手機從他的口袋中滑落。

黑衣少年趴在知的身上護著他，並摀住他的耳朵。「小知，別聽。」

父親俯視他們，大聲怒吼。

「你們能活到今天是托誰的福？」

黑衣少年用細若蚊蚋的聲音道歉。

「錯的是我，不是小知。」

「惠（Kei），你都十四歲了，連這個道理也不懂？」

「錯的是我……」

「你這樣還有什麼價值？啊？」

每當父親怒吼，惠便會縮起身子，背部看起來活像在跳動似的。他一面發抖，一面喃喃哀求：

「全都是我的錯……」

父親持續對惠施加言語暴力，猶如上司在斥責犯錯的下屬。

「你啊，乾脆消失吧！欸，消失吧！沒有價值就給我消失！」

每說一句，小惠的背部就跟著顫抖一下，彷彿真的被毆打一般。

「嗚……嗚……！……嗚！」

我想起來了。

那一夜的龍也像是被看不見的東西毆打似地發抖。

『嗚……！嗚……！』

當時的龍發出了痛苦的聲音。

——我、我要忍耐……只要我繼續忍耐……一定會沒問題的……——

這句話和惠的身影重疊了。

我還有另一個發現。

惠掉落在地的智慧型手機的待機畫面——是個拿著玫瑰的女性，就和龍的房間裡那張拿著玫瑰的女性照片相同。而裂痕也完全相同——智慧型手機的玻璃也是龜裂的。

「找到了……」

我胸有成竹地出聲說道。

從惠紊亂的髮絲之間可以看到那雙緊閉的眼睛。

「這孩子……就是他……」

面具

17點整，防災行政無線通訊系統開始透過揚聲器播放〈朧月夜〉。

聖歌隊的女性成員們陸續抵達廢棄小學，將車子停在操場上。

她們上了二樓，從教室後方的門悄悄窺探裡頭。

教室裡瀰漫著緊張的氣氛。

大型螢幕上映出了白色的房間，音樂聲隱約從視窗傳來。惠依然摀著知的耳朵，動也不動；父親俯視著兩人，突然轉過身去，消失於走廊上。

砰！深處的門關上的巨響傳入耳中。

「他真的是他們的爸爸嗎……？」

頭慎喃喃說道，身旁的瑠果也啞然無語。

忍用嚴厲的目光看著這一幕。

視窗裡，知一臉擔心地看著惠。

『惠，沒事吧？惠……』

惠依然弓著身子，垂頭不起。

這麼纖細的少年居然是龍，我不敢相信。

小弘喃喃自語：

「原來如此……我好像懂了。惠是為了鼓勵知，才在知的面前逞英雄。在這樣的狀況之下……」

惠終於抬起頭來，開口說話安撫知。

小弘目不轉睛地凝視著這一幕。

「龍為何那麼強？『U』的體驗共享技術可以顯露出隱藏的另一個自己，所以這種被壓抑的狀況反而造就了他的強大力量。就和成了貝兒的鈴一樣……」

我想直接跟惠說話，我必須和他談談。

我朝著手邊的滑鼠伸出了手。

這個直播影片（視訊聊天影片）附有可以直接通話的按鍵，就跟和耶利內克、斯旺連線時的功能一樣。

畫面左下角是綠色的通話鍵和紅色的結束通話鍵。

只要按下綠色按鍵，就能直接交談。

可是，我不敢按。

才剛發生過那樣的事，在這種狀況之下，真的能夠平心靜氣地交談嗎？

游標遲疑地搖曳著。

惠終於坐起身子。知安心地離開他，倚著牆壁坐了下來。

就是現在。

我衝動地抓起滑鼠，按下了綠色通話鍵。

〈已連線。〉

自動語音說道，畫面上顯示出我的聊天頭像和名字。

視窗中的惠與知察覺了，望向螢幕。

「……？」

他們似乎聽得見。

心臟撲通亂跳。我一面發抖，一面呼喚。

「……看得見我嗎？……聽得見我的聲音嗎？剛才我都看見了……」

惠凝視著螢幕，緩緩地站了起來。他的身影自然而然地與龍的身影重疊了。

我的意識也自然而然地化為貝兒。

「沒事了，用不著擔心了。」

我以貝兒的身分訴說著。

「我想去找你。告訴我，你在什麼地方？只要跟我說……」

然而，惠打斷了我，厲聲質問：

『妳是誰？』

「……？」

我是誰？

小弘猛省過來，仰望著我，小聲說道：

「真人是頭一次見面啦！」

我頓時慌了手腳，滿臉錯愕，自信缺缺、結結巴巴地說道：

「我、我是貝兒……啦……」

倚牆而坐的知立刻起了反應，伸長脖子。

「……貝兒！」

然而——

「怎麼可能！」

惠卻是恨恨地一口否定。

沒錯，空口無憑，誰都可以自稱是貝兒。我沒有任何證據，無法證明我是本人。這樣的人說的話，誰會相信？

突然，〈已連線〉的自動語音響起。

除了我以外，三個聊天頭像陸續出現於畫面上。

幾道年輕的聲音加入了聊天室。

〈你看，我說的是真的吧？〉

〈天啊，是家暴現場！〉

〈快報警！〉

其中一人鐵定是剛才短暫加入聊天室的那個人。他是去帶朋友來確認的。他們大剌剌地闖進來，不負責任地喧譁吵鬧，留下刺耳的哈哈大笑聲以後，便退出了。

嘟——嘟——喀！

三個頭像消失，只剩下我的頭像。觀看人數又變回了〈1人正在觀看〉。

惠的表情絲毫未變，緩緩地走向我（網路攝影機）。

『妳也是來打探隱私，嘲笑別人的？』

「不是……」

『看了剛才的畫面，感想如何？看到別人受苦，很開心嗎？』

「不是！」

他大概以為我和剛才的嘻笑聲是同一夥人吧！不是，我真的不是。我強忍著幾乎快奪眶而出的眼淚溫言訴說，只希望他能明白。

「……我是想幫助你們，才按下通話鍵的。我想幫忙，有沒有什麼我可以出力的……」

惠停下腳步，打斷了我。

『幫忙？怎麼幫？』

「……………！」

怎麼幫？怎麼幫……

惠用銳利的眼神瞪著我。

『幫忙，幫忙，幫忙，我已經聽過很多次了。我會和你爸爸好好談談。我跟令尊談過了，他已經明白了。可是狀況一點也沒有好轉。幫忙，幫忙，幫忙。欸，妳倒說說看，妳幫得上什麼忙？』

「…………！」

我一時語塞，什麼話也說不出來。

彷彿有一股壓力將我往後推。

『幫忙，幫忙，幫忙，明明什麼都不知道。幫忙，幫忙，幫忙，光說不練誰都會。幫忙，幫忙，幫忙，我想幫助你們，想替你們出力。幫忙，幫忙，幫忙，再怎麼憐憫，再怎麼同情，流再多眼淚，也不會改變什麼。』

惠強忍著心底無以名狀的憤怒，怒視著我。

我——那已經不是針對我個人，而是針對天真的大眾、社會與世界；不負責任的話語、殘酷無情的態度、刻薄寡恩的心、對弱者不自覺的輕視，以及掩飾這些行徑的欺瞞。惠的視線就像一把利刃，指著這些事物。

『幫忙幫忙幫忙幫忙幫忙幫忙幫忙幫忙幫忙幫忙幫忙！我已經聽膩了！』

惠搖晃身體大吼，像是要宣洩內心的所有怒氣一般。

『滾出去！』

那駭人的眼神和齜牙咧嘴咆哮時的龍一模一樣。我則是和當時的貝兒一樣，只能緊緊地閉上眼睛，縮起身子。

惠操作鍵盤，切斷了通話。

喀！嘟——嘟——

畫面立即顯示錯誤代碼，嘟嘟聲持續作響。

〈An error occurred. Please try again later……〉

我回過神來，連忙按下通話鍵。

「惠，欸，回答我！」

但是畫面依舊毫無反應。

「已經掛斷了。」

小弘喃喃說道。

然而，我不管三七二十一，拚命叫道：

「你在哪裡？回答我！」

「他根本不相信妳！」

小弘用同樣大的音量制止我，接著又垂下頭來，擠出聲音說道：

「……他絕不會跟妳說他在那裡的。」

瑠果喃喃說道：

「該怎麼辦才好……？」

喜多太太的口中也吐出了同樣的話語。

「該怎麼辦……」

在場的所有人都找不到答案。

只有忍靜默不語，陷入沉思。後來，他緩緩地抬起頭，對著我的背影說道：

「用妳原本的面貌唱歌吧！」

我像是中了箭一般，倒抽了一口氣。

「……？」

黑暗中響起了一道聲音。

「讓出空位來給貝兒！」

圍住貝兒的眾多Ａｓ一齊退開。

逐漸擴大的空間活像一顆大蛋的內側。

Ａｓ們的聲音迴盪著。

〈唱歌！〉〈貝兒。〉〈唱歌！〉〈貝兒。〉〈求求妳。〉〈唱歌……〉

無數的Ａｓ形成的團塊為了製造空間而往外膨脹，同時，新一批Ａｓ也陸續靠攏過來，團塊變得越來越巨大。

賈斯汀和幹部們從大樓街俯視著這一幕。

「看仔細，只要她唱歌，那傢伙就會來。以前也是這樣。」

賈斯汀虎視眈眈。

「他一定會來，一定會……！」

公園中心的團塊變得越來越大了。

我垂著頭，繼續思考。

「…………」

廢校教室中，忍平靜卻果斷地說道：

「不是用貝兒的外貌，而是用鈴原本的面貌向他們喊話。」

我啞然無語，動彈不得。

「啊？」

小弘回過頭來瞪著忍。

「你在胡說什麼啊，忍！」

忍依然凝視著我，繼續說道：

「我認為這是唯一可以再次聯絡上他們的方法。」

小弘從椅背探出身子，大聲否定忍的看法。

「欸，你在胡說什麼？你知道這代表什麼嗎？鈴一路累積下來的成果全會化為烏有耶！」

「啊啊……！」

我用雙手拄著桌子，無力地垂下頭來。小弘說的沒錯。

「但是要贏得他們的信任，只有這個方法。」

忍依然堅持己見。

小弘似乎認為繼續和忍耗下去沒完沒了，便抓住我的手臂用力搖晃，試圖說服我。

「鈴！妳是為了什麼才努力到今天的？難道妳想變回從前那個一事無成的自己嗎？想變回從前那個哭哭啼啼的自己嗎？這樣也沒關係嗎？」

「嗚嗚嗚嗚嗚嗚嗚嗚！啊啊啊啊啊啊啊啊！」

我一面被搖晃，一面發出不成詞語的懊惱低鳴聲，猛烈地搖頭。

面對這樣的狀況，瑠果和頭慎也無言以對。

喜多太太一臉難過地守候著。

奧本太太神情嚴厲地凝視著我。

吉谷太太和畑中太太也一樣。

中井太太盤起手臂，帶著不好應付的表情凝視著我。

忍冷靜地說道：

「實質上，他們的真實身分已經曝光了。鈴繼續戴著面具，能為他們做什麼？繼續隱藏真面目，能夠傳達什麼？」

我站在岔路之前。

該怎麼辦？

該怎麼辦？

蛋形團塊中的我同樣望著地面，顫抖搖頭。

見我一直沒有動靜，賈斯汀再也按捺不住了。

「可惡！為什麼不唱歌？混帳！」

他大聲怒吼，衝了出去。

「啊？」

幹部完全來不及制止他。

賈斯汀闖入蛋形團塊，朝著內部邁進。

教室的大螢幕中央映出了團塊內部。

螢幕前的我正在垂頭思索。

映照內部的視窗淹沒了畫面。

我猶疑了許久，不知該如何是好。

然而，現在這一瞬間，我豁然開朗，該做的事變得顯而易見。

我（鈴）下定決心，緩緩地抬起頭來。

我（貝兒）下定決心，緩緩地抬起頭來。

有人逐漸靠近。

「快唱歌！」

是賈斯汀。他侵入了團塊內部。

「唱歌把醜陋的龍引過來！」

我直視著他，緩緩地舉起左手。

賈斯汀朝著前方伸出雙手，一直線向我走來。

「快唱歌！」

我一把扭住他的右手。

「唔！妳要做什麼？」

右手被抓住，令賈斯汀大為動搖。

我叫道：

「釋放光芒！」

「什麼？」

「對我釋放光芒！」

我用堅定的眼神看著賈斯汀。

賈斯汀驚訝地瞪大眼睛。

蛋形團塊的內部突然散發出耀眼的綠光，數道光芒從縫隙外漏。

目睹光芒的Ａｓ都露出了不可思議的表情。

「那是什麼……？」

賈斯汀在團塊內部一臉驚愕地叫道：

「怎麼可能！居然有人自願揭紗？」

咘嗚嗚嗚嗚嗚……

金屬翅膀從賈斯汀右手的手環猛然飛出，大大地拍動。

同時，透鏡體以最大功率釋放出揭紗的綠光。

我的全身都籠罩在這道光芒之下。

風與光的粒子和泡沫繞著我打轉，宛若要洗淨我的全身一般；頭髮、腳、手臂、手指、指甲、睫毛和嘴唇，所有要素都被逐一去除。

賈斯汀曾說過。

『通常，透過裝置讀取的生物資訊會經由特殊程序變換為Ａｓ，但是這道光可以將變換全數無效化，讓本尊直接顯像於『Ｕ』的空間上，這就是揭紗的原理——』

這種情況現在正發生在我身上。

為了親眼見證接下來發生的事，棲息於『U』的眾多As陸續朝著巨大蛋形團塊集結。

此時，啪地一聲，團塊上方出現了一道裂痕。

以裂痕為起點，無數的As開始往下潰散。潰散引發了更大的潰散，裂痕逐漸擴大；隨著轟隆巨響，無數的As被沖到了『U』主街的廣大「公園」區塊。

有人在潰散的團塊中心發現了散發著綠光的嬌小人影。

「啊……！」

那一定就是貝兒。

然而，另一個看見人影的人卻大聲尖叫起來。

〈呀啊啊啊啊……！〉

尖叫聲隨即散播開來。

〈那……〉〈那是什麼……？〉

As們一陣騷動，每個人都指指點點，滿臉愕然。

被綠光包圍的貝兒逐漸消失的同時，另一個人物散發著耀眼的光芒，緩緩下降。

那是個身穿學生服的少女。

她的背後有兩片金屬翅膀和她一起落下。或許揭紗之後，金屬翅膀就會斷裂吧！和斷裂的翅膀一起從天而降的少女看起來宛若被扯下翅膀的墮天使。

少女——那就是真實的我。

〈貝兒的本尊……〉

看見領帶隨風翻飛、及膝百褶裙飄然擺動的我以全世界獨一無二、滿臉雀斑的真面目示人，所有As都是一陣譁然。

〈完全不一樣……〉〈雀斑倒是一模一樣。〉〈裝置把掃描到的本尊生物資訊和衣服資訊全都照實呈現了。〉

小弘As不敢直視這幅光景。

「啊啊……！天啊……！」

她忍不住用雙手摀住臉龐。

我在空間著地，綠光斷斷續續地消失了。

舉目所及，全是集結於公園的As。幾百萬？幾千萬？幾億？我不知道有多少人。

過去我從沒看過這麼多人聚集在同一個地方。

「…………！」

極度的緊張竄過我的全身，令我不敢直視前方；手、腳、手指和下巴都在發抖。

Aｓ們一陣騷動。

〈貝兒被揭紗了？〉〈是誰揭紗的？〉〈不，是她自願的。〉〈自願？〉〈為什麼？〉〈幹嘛這麼做？〉

佩姬蘇也在其中一隅。她也親眼目睹了貝兒被揭紗的瞬間。

「貝兒……原來她是個這麼普通的女孩……」

佩姬蘇打了個冷顫。

「和我一樣嘛！」

論真正的面貌，或許自己長得比貝兒更醜。在現實世界中位於金字塔底層的自己連美夢也作不得，是靠著『U』才能重獲新生。好不容易到手的美夢，居然有人主動放棄？

換作自己，一定無法承受。將自己的本尊昭告全世界，比赤身裸體更加難堪。

可是，貝兒卻主動以本尊示人。

為什麼？

佩姬蘇不明白。

小弘抱著腦袋猛搖頭。

「我們死守的祕密……」

忍走上前來。

「播放歌曲的ＡＰＰ是這個嗎？」

他操作桌上的筆記型電腦。

「啊？住手！」

小弘尖叫，抓住忍的手臂。

但是忍並未理會她，仰望螢幕。

「鈴。」

並點開了ＡＰＰ。

歌

前奏響徹了『U』的街頭。

我在大庭廣眾之下獨自迎風佇立。

然而，我只是任風吹拂，一動也不動。

「鈴，唱吧！」

忍對我說道。

「她做不到！她用真正的面貌唱不出來！」

小弘猛烈搖晃忍的手臂，試圖阻止他。

「她可以的。」

「她不行啦！」

喜多太太緊張地吞了口口水。

「鈴。」

還有瑠果。

「小鈴。」

奧本太太依然沉著臉。

「妳要怎麼做？」

吉谷太太也用嚴厲的眼神看著我。

「鈴。」

我依然垂著臉，開始唱歌。

「唱了！」

中井太太忍不住探出身子，畑中太太也一樣。

「在別人面前不敢唱歌的孩子居然唱了！」

聲音並不響亮。幾條帶子環繞著杵在原地低頭唱歌的我，翻譯成各種語言的歌詞流動著。

閃耀的花朵　夢想的寶石

世界多美麗

好不容易才唱完一段歌詞。我不敢面向前方，忍不住背過身子。
嘩嘩嘩嘩嘩……
背後傳來了群眾的困惑與喧囂。
網路新聞一齊刊出了貝兒的報導。
〈貝兒被揭紗。〉〈本尊昭告全世界。〉〈她那令人意外的真面目是？〉
同時，Asの對話框也爆發性地增生。
〈看到了嗎？〉〈貝兒……〉〈揭紗？〉〈不會吧？〉〈貝兒的真面目？〉〈是誰？〉
縱長型巨大螢幕陸續啟動，形成了一個臨時舞台。這些巨大螢幕逐一映出了背過身子的我。
已經無處可逃了。
我做好覺悟，轉向前方。
在『U』的街頭，黃昏的微光變得更加深沉了。
雖然被　怯懦與不安束縛

只要能　變得更加溫柔與堅強

我發不出響亮的聲音，但還是閉著眼睛唱下去；一唱完歌，又垂下了臉。

見了螢幕上從各個角度映出的我，所有Ａｓ都啞然無語。

〈她在發抖……〉

我的嘴角不斷顫抖的模樣清清楚楚地映了出來。

〈聲音的確是貝兒……〉〈看起來很沒自信。〉〈恕我直言，她真的拙到讓人同情。〉〈住手，別破壞我的夢想。〉〈我希望她維持貝兒的模樣。〉

眾多的螢幕映出了我無助的模樣。

〈話說回來，為什麼貝兒會被揭紗？〉〈不，好像是她自己現出真面目的。〉

各種臆測滿天飛。

〈她為什麼要現出真面目？〉〈應該有什麼理由吧！〉〈嗯，必須這麼做的理由。〉〈是什麼理由？〉〈有什麼原因？〉

Ａｓ們呆呆地凝視著舞台。

而我依然垂著頭。

佩姬蘇一臉擔心地望著被揭紗的貝兒。
背後傳來了幾個年輕貓耳女的說話聲。
「果然。」
「我就知道。」
「好可憐，被揭紗。」
「好拙。」
咯咯咯咯！她們互相對望，發出了殘酷的嘲笑聲。
聞言，佩姬蘇懊惱不已。
她好想叫這些不知人間疾苦的黃毛丫頭滾開。
自己剛才明明也和她們有同樣的感想，為什麼？為何現在如此氣憤？
「貝兒，別讓那些傢伙說風涼話……」

那片天空　已不復返
教我如何　獨自活下去

細光束聚光燈打在我的身上。

我抬起頭來，把手放上胸口，繼續歌唱。

想見你　再一次

胸口深處　在顫抖

我就在這裡　請傳達我心意

給相隔兩地的你

每個ＡＳ都呆然地聽著歌。

無論是美女、怪物、貓、狗、鴨子、凶神惡煞、帥哥、摔角手、妖精、仙人、海洋生物、山地生物、武者鎧、狙擊手、鐵鎚、尖帽、星形臉部彩繪、雙馬尾、人魚或海妖，全都一樣。

只有閉上眼睛　的時候

才能見面　我不相信

想見你

相隔兩地的你

細光束聚光燈在我唱完歌的同時熄滅了。

現在正值『U』的半夜模式時間，天花板的大樓光芒也一齊消失了。

整個『U』都陷入黑暗之中。

喔喔喔喔喔喔喔喔喔喔！

As們的如雷歡呼聲響徹了黑暗。

〈她果然是我們的貝兒！〉〈是貝兒沒錯！〉

〈貝兒好像是對著特定的某個人唱這首歌的。〉〈嗯，確實有這種感覺。〉〈對著『U』的幾十億人之中的某個人。〉

我身後的螢幕一個接一個地消失了。

〈就像是要傳達什麼一樣……〉

〈其實貝兒從出道以來，就一直是對著某個人唱歌的感覺。〉

最後，螢幕全數消失，周圍變得一片漆黑。

〈對對對，我還記得聽起來就像是在對著我唱歌，覺得很開心。〉〈我也是……〉

〈我也一樣……〉

〈不過，其實她是對著某個人唱的。〉

〈真讓人好奇。〉〈不知道是誰？〉

半夜模式之中，地平線的彼端，『U』形月亮正在單元的縫隙間緩緩移動著。

我在打轉的風裡凝視著前方，回憶起遙遠的往日——

「救命啊！……救命啊！」

小女孩的哭喊聲響徹了河岸。

河川轉眼間暴漲，小女孩被獨自留在沙洲上。

大人七嘴八舌地說道：

「啊，天啊！」「必須去救她！」「不，別去！」「為什麼？」「救人的也會溺死！」「不然該怎麼辦？」

那孩子年紀大約四、五歲，看起來比我還小。她應該是來自大都市，穿著鮮豔花俏的服裝，無助地哭喊著。

大人們高聲說道：

「丟救生圈給她抓住！」「不行啦！她是小孩耶！」「報警或是叫救難隊來！」

「來不及啦！」「該怎麼辦？」「怎麼辦？」
年幼的忍也聽見了大人的怒吼聲。
我不經意地望向身旁，忍的視線前端是我媽。
忍說過，當時媽媽的表情看起來猶豫不決。
即使猶豫，媽媽還是奔上前去，撿起觀光獨木舟用的紅色救生衣，迅速地穿上。
我拚命地抓著媽媽的衣襬，不讓她去。
「不要去，媽！不要去！」
媽媽蹲了下來，牽起我的手。
「不行，我不去的話，那孩子會死掉的。」
對，媽媽確實是這麼說的。
接著，媽媽站了起來，甩開不肯放手的我，往前跑去。我連忙追上去，但是絆倒了。我立刻爬起來，對著逐漸遠去的背影用力大喊：
「媽！媽！媽……！」
可是，媽媽沒有回頭。她確認小女孩的位置，繞到上游方向之後才下水，順著水流去救人。
開始下起小雨來了。

小女孩被救上岸了，幾個男人把她拉了上來。大人紛紛奔上前去。「快，快！」「沒事吧？」「救護車！」「動作快！」「快！」

我在雨水拍打之下凝視著這一幕。

「加油！」「就快到了！」「得救了……！」「這是奇蹟！」「太好了……」

小女孩的身上穿著紅色救生衣，那是剛才媽媽穿在身上的。

瞬間，我全都明白了。

媽媽不見了。

「媽……媽…………媽！」

我連聲呼喚，然而始終不見媽媽的身影。遠處傳來救護車的警笛聲。小女孩裹著毛毯，被眾多大人抬離了河岸。大家只顧著關心小女孩，沒有人發現我媽不見了。

「媽！」

只有我不斷地高聲呼喚。

一次又一次——

綿綿細雨中，水流變得越來越湍急。

就在這時候。

「……啊？」

媽媽在對岸。

湍急的水流聲彷彿消失了。

「媽……」

我想出聲，卻完全不成聲，反倒流出了許多淚水和鼻水。

媽媽從對岸凝視著我。

她在笑。為什麼在笑？就像陪我玩耍時那樣笑著。

淚水模糊了雙眼。

「不要去……！」

別丟下我一個人。

我無法獨自活下去。

我搖搖晃晃地往前走。

河岸的石頭讓我每走一步便不安定地搖晃一下。

我宛若受到吸引一般，走進了湍急的河水中。

就在這時候——

「鈴！」

另一隻小手用力握住我的手，將我拉回去。

是忍。
湍急的水流聲回到了我的耳中。

一再回憶的光景。
忍拿著少年籃球賽用的籃球走了過來，望著蹲在地上哭泣的我。
那個地方現在還留著。
就是廢棄小學操場上的單槓旁邊。

現在，忍正在二樓的教室隔著窗戶俯瞰當時安慰我的地點。
「我不是鈴的爸爸，也不是要好的女生朋友。不過，多一個擔心鈴的人也無妨吧！」
瑠果恍然大悟，用手掩著嘴巴。
「啊，所以才像媽媽一樣……」
奧本太太眨了眨眼，似乎想起了什麼。
「忍，你並不孤單。我們也一樣。」
中井太太用感傷的眼神凝視著忍。

「我們一直把自己當成鈴的媽媽。」

喜多太太微微一笑，垂下了頭。

「以媽媽的身分歡笑、生氣、流淚——」

畑中太太用手指拭去滲出的淚水。

「雖然我們是一群不可靠的媽媽……」

吉谷太太把手放在胸口上。

「多虧了鈴，我們很幸福。」

淚水沾溼了她的眼眶。

除了月光以外，『U』的街頭處於一片漆黑之中。

我定睛凝視著黑暗。

「惠……你在哪裡……？欸，回答我……讓我聽聽你的聲音……惠……欸，惠……！」

我將胸中的情感化為歌曲。

雖然不成言語，只是顫抖的聲音而已。

啦啦啦啦啦啦，啦啦啦啦啦，啦啦啦啦啦啦——

我的胸口散發出朦朧的光芒。

起初只是位於胸口中央的小光點，隨著唱歌逐漸變大，光芒由內側靜靜地往外側擴散，宛若拿在胸前的燭火。

我想起從前也看過這種光芒，是在龍的房門前哭泣的時候。當時，我緩緩地拿開放在胸口的手，胸口上出現了一個斑紋似的圓形痕跡；那個圓形痕跡朦朦朧朧地散發著溫暖的光芒。

就和當時一樣，體驗共享技術將心痛變換為肉眼可見的形態。

越是唱歌，光芒就變得越強。

見狀，畑中太太的As忍不住喃喃說道：

「鈴……！」

奧本太太的As也脫口叫道：

「鈴，妳……！」

聖歌隊的女性成員全都以As形態出現在『U』裡，五顏六色的美麗As十分適合她們。

「小鈴……！」

瑠果和頭慎也都以As形態現身於『U』之中。

木舟。

瑠果Aｓ是隻藍色的鳥，拿著中音薩克斯風；而犬形的頭慎Aｓ則是背著巨大的獨

我繼續唱歌。

啦啦啦啦啦，啦啦啦啦啦，啦啦啦啦啦——

某個Aｓ流下了一行清淚。

長相凶惡的Aｓ淚眼婆娑，和他的外貌一點也不相襯。

啦啦啦啦啦，啦啦啦啦啦，啦啦啦啦啦——

好幾個Aｓ的胸口發出了和我一樣的光芒。

在黑暗之中，一個、兩個、三個。

光芒逐漸蔓延開來，就像接力一樣，從前方傳向後方。

幾十、幾百、幾千。

胸口的光芒配合歌曲的呼吸感性地搖曳著。

無以名狀的感情。像是感嘆，像是鼓勵，像是撫慰悲傷，像是重新振作。

小弘Aｓ看著這幅光景。

「妳……本來只有我一個朋友……現在，現在卻……！」

她的眼眶浮現了淚水，胸口也散發出光芒。

光芒猶如波浪一般，逐漸擴散至地平線。

幾萬、幾十萬、幾百萬。

眾多Ａｓ胸口的光芒若是分開來看，或許內斂，或許柔和，或許含蓄；但是全部聚集起來，卻變得雄壯可靠，強而有力。

啦啦啦啦啦拉，啦啦啦啦啦，啦啦啦啦啦啦——

我呆呆地看著多到令人暈眩的光芒。

幾千萬，甚至幾億。

多麼驚人的光景啊！

成千上萬的人齊聚一堂，他們的情感化為形體，呈現於眼前。情感並非看不見的事物。在『Ｕ』這個地方，情感有明確的輪廓、色彩與亮度，持續存在於我們的胸口。

「…………！」

這麼一想，頓時心潮澎湃，難以克制。淚水模糊了眼睛，使我看不見前方；下巴顫抖，讓我唱不好歌。我忍住嗚咽，垂下頭來，用單手擦拭淚水，歌聲也因此中斷了。我甩了甩頭，換手拭淚，但還是無法繼續唱歌。

「鈴！」

聖歌隊女性們的Ａｓ一面搖曳著胸口的光芒，一面齊聲大叫。

「小鈴！」

瑠果Aｓ帶著胸口的光芒，舉起了中音薩克斯風。

還有佩姬蘇。

「貝兒……！」

在一時激動之下——

「繼續唱！別停下來！」

她代替貝兒，開始大聲唱歌：「啦啦啦啦啦啦！」

周圍的Aｓ困惑地看著她。

「是佩姬蘇。」「咦？那個佩姬？」「她怎麼會跑來這裡？」

佩姬蘇無視他們的視線叫道：

「貝兒！唱吧！」

受到她的感召，Aｓ們也開始唱歌，接續中斷的歌曲。

啦啦啦啦拉，啦啦啦啦啦，啦啦啦啦啦——

歌聲逐漸擴散開來。成千上萬的Aｓ齊聲唱著不成言語的歌，成千上萬的歌聲擴散到公園的另一端。

啦啦啦啦拉，啦啦啦啦啦，啦啦啦啦啦——

聖歌隊女性們的Ａｓ也各自擺動身體，唱起歌來。

瑠果Ａｓ以吹奏薩克斯風代替唱歌。

由廣大群眾進行的大合奏。

在黑夜之中，無數的Ａｓ帶著胸口的光芒唱著歌。

越是歌唱，每個人胸口的光芒就越發強烈。

見狀——

「為、為什麼？」

賈斯汀臉色鐵青地說道，他的聲音在顫抖。

「為什麼她被揭紗，卻沒有崩潰？」

這樣的反應完全出乎他的意料之外。

一旦被揭紗，就無法在『Ｕ』繼續生存；正因為如此，揭紗才有力量，擁有揭紗能力的人才能稱霸世界。

貝兒確實被揭紗了，她本該受盡世人嘲笑、攻訐，掉下神壇才對。

但眼前的光景是怎麼搞的？完全不是這麼一回事。

到底怎麼了？

賈斯汀背後的贊助商商標一個接一個離去了。

「……啊？」

他連忙回頭，只見其他贊助商商標也像退潮似地陸續消失。轉眼間，贊助賈斯汀的人連一個也不剩了。

「混、混帳……！」

賈斯汀露出了走投無路的表情，咬緊牙根。他已經不再是當權者，也不再是天選AS了。

幾千萬名胸口發光的AS看起來宛若金色的大海。

中心高高地隆起。

「怎、怎麼了？」

掛著無數揚聲器的巨大鯨魚緩緩地浮上金色大海，掀起了巨浪。

喔喔喔喔喔喔喔喔……！

鯨魚彷彿也要一同高歌一般，張開了大口。

噗咻！高高噴出的水像煙火一樣閃閃發亮。

我被撈到了巨大鯨魚的鼻頭上。

這裡是從前貝兒穿著紅花洋裝，對著全世界高歌的地方。

我以原本的面貌站在同樣的地方。
站在這裡，放聲高歌。
鯨魚帶著小鯨魚一同悠遊於金色大海之中。

歌啊飛翔吧
飛往大家身邊　現在既悲傷　又歡喜
這個世界　應有盡有
垂下眼睛　就連天空
也有星光閃耀　太陽東昇
花朵綻放　多美麗
歌
唱到永遠
傳唱我的愛　直到永遠

我不是美女，只是個住在鄉下、滿臉雀斑的少女。
不過，我的心中存在著貝兒。

另一個我讓我變得更加堅強。貝兒雖然消失了，但她依然存在於我的心中，成了我的核心。

貝兒的人生歷練給了我力量。

謝謝。

如此暗想的瞬間，無數的花朵從我的身上綻放開來。

源源不絕的花朵將『U』的街頭點綴得五彩繽紛，並透過悠然游動的鯨魚散播至光鮮亮麗的Ａｓ身邊。

大小鯨魚緩緩地在無數Ａｓ蕩漾的金色大海裡游泳。

『U』形月亮浮上了夜空。

我高聲唱出歌曲的末段。

彷彿在祝福這一瞬間的所有生命一般。

觀看直播的惠震撼不已。

「好驚人……！」

他喃喃說道。

知的淚水撲簌簌地掉了下來。

「惠，我……好想念貝兒……好想念貝兒……」

可是，惠卻因為懷疑而游移不決。

「……她真的是貝兒嗎？我還沒有完全相信她。」

然而，他又像是下定決心一般，喃喃說道：

「不過……」

既然知這麼說——

原始面貌

我緩緩地抬起頭來。

剛才還在『U』的世界裡的我回到廢校的教室裡來了。

我就像是大夢初醒一樣，依然迷迷糊糊。

視線前端是連線切斷的視訊聊天畫面。

畫面顯示著「讀取中」，連線恢復了。

知的聲音從揚聲器傳來。

『貝兒……看得見我們嗎？』

畫面上映出了望著筆記型電腦的網路攝影機的知與惠。是他們主動再次連線的。

聚集在廢校的眾人全都歡欣鼓舞。

「成功了～～～～！」

並跳起來大聲歡呼。

唯獨我像是還在夢中一樣，懵懵懂懂。

「鈴。」

忍呼喚我。

「……？」

「他們感受到妳的心意了。」

忍微微一笑。見了他的笑容，我總算回到了現實。我的胸口洋溢著喜悅之情。

「忍，太好了！」

我像個孩子般抱住了他。

忍抱著我，拍了拍我的後腦。

「嗯。」

我在忍的身上摩擦淚水沾溼的臉頰。

「太好了……」

惠與知的父親聽見了通知聲。

「……唔？」

他趁著視訊會議的空檔確認智慧型手機。有人在他的社群網頁上傳了一個影片。他按下播放鍵。只見——

花瓶被摺倒，在地板上摔個粉粹。

〈你為什麼老是不聽爸爸的話？〉

是剛才的自己。

「這是什麼……？」

有人散布了這個影片。

父親的臉頰開始抽搐，迅速地走出自己的房間。

『抄下來。這個地方是……』

惠正要透過視訊聊天畫面告訴我們住址時。

砰！一道巨大的聲音響起，父親走了進來。

『啊？』

惠與知回過了頭。父親環顧房間，發現了筆記型電腦的網路攝影機。

『就是這個……！』

父親一直線地走來。惠從椅子站了起來，試圖阻擋他。

『住手……住手！』

惠拚命阻止朝著網路攝影機伸出手來的父親，知也加入戰線，兩人合力抵抗。然而

『閃開！』

父親卻像是對待物品一樣，粗魯地甩開拉住自己的兩個孩子。

並用駭人的表情怒視著網路攝影機。

『混帳……！混帳！』

他宛若要抓住畫面似地伸出手來，猛然闔上了筆記型電腦。

畫面上隨即顯示錯誤代碼。

〈An error occurred. Please try again later……〉

連線再度中斷了。

「…………！」

我們只能愕然地呆立原地。

聖歌隊的女性成員們七嘴八舌地說道：

「……那兩個孩子有危險。」

「必須去保護他們。」

「要去哪裡？」

「還沒問到地址啊！」

這時候，瑠果略帶顧慮地發言：
「呃，或許查得到。」
「咦咦？」
「剛才螢幕傳來了傍晚的旋律。」
「旋律？」
瑠果低下頭來回想。
「一首是〈晚霞微風〉，另一首是……〈椰子〉。」
忍立即會意過來。
「那是防災行政無線系統的定時音樂。」
「怎麼會有兩首？」
中井太太看著忍。
「因為位於不同行政區的交界，所以兩首都聽得到。」
「是哪裡和哪裡？」
吉谷太太詢問。
「用這個組合查查看。」
忍一說完，便拿出自己的手機查詢。

面向桌子的小弘回過頭來。

「錄下來的影片準備好了！」

「我看看……」

女性成員們聚集到大型螢幕前。

螢幕上映出了惠切斷連線的視訊聊天室影片。小弘倒帶，回溯到父親俯視蹲在地上的惠那一幕。

接著，她按下播放鍵。

兩首旋律從白色房間外傳來。

正如瑠果所言，是〈晚霞微風〉和〈椰子〉。

中井太太低聲讚嘆：

「沒錯。」

「不愧是瑠果，耳朵真靈。」

頭慎也低聲沉吟。

而奧本太太突然指著畫面邊緣。

「……咦？窗外是什麼？」

「咦？」

小小的窗戶外頭似乎映出了什麼。

「放大看看。」

小弘立刻放大畫面。

「這是什麼？」

小弘針對窗外的曝光部分進行畫質修復，細部隨之浮現。

「大樓……華廈……？」

「兩棟？」

窗外隱約可以看見兩棟同樣形狀的摩天大樓。

中井太太搖晃小弘的肩膀。

「這是哪裡？快搜尋！」

「太難了啦……！光靠這點東西……！」

根本無從搜尋。

此時，頭慎似乎發現了什麼，用手遮蓋額頭，仔細觀看畫面。

「怪了，唔……」

「咦？」

瑠果看著頭慎。

頭慎思索片刻以後，指著螢幕，說道：

「瑠果，我知道這裡是哪裡了。」

「咦咦？」

小弘驚訝地回過頭來。

「等我一下。唔？呃，在哪裡啊？」

頭慎慢吞吞地尋找自己的智慧型手機。

「快一點！」

小弘焦急地催促他。

在這段時間內，忍找到了答案。

「啊，有了！」

小弘迅速地轉向鍵盤。

「在哪裡？」

「東京附近有五個地區符合，其中有摩天大樓的是大田區和川崎市之間！」

小弘立刻轉向螢幕，開啟地圖搜尋網頁。視角從現在所在的仁淀川沿岸一跳，越過高知縣，飛向東京。小弘依照忍的指示，放大流經大田區與川崎市之間的多摩川。

頭慎猛然抬起臉來。

「找到了！就是這裡吧？」

他遞出手機。那是頭慎在最前列正中央擺姿勢的遠征合照，從前他拿給我們看過。背後的多摩川對岸確實有兩棟形狀相同的摩天大樓。

將平面地圖3D化，繞過武藏小杉的大樓群，便出現了兩棟同樣的大樓。小弘把直播聊天室的截圖和頭慎用AirDrop傳送的照片放在一起比對。

「三個線索都一致，錯不了！」

忍和頭慎互相擊掌。

「幹得好！」

瑠果和小弘也互相擊掌。

「成功了！」

吉谷太太鄭重地打了通電話。

「喂？不好意思，我接下來告知的地區有孩子急需安置……」

通話的對象是兒童諮詢所。

然而，吉谷太太的表情罩上了一層陰霾。

「咦？不能馬上處理？規定？48小時？」

他們的規定似乎是在48小時以內直接確認孩子的情況。

「要是在這段期間內發生了萬一……」

我緩緩地回過頭來。

「我要去找他們……！」

身體擅自行動，拔足疾奔。

「鈴！」

「我送妳去車站！」

中井太太和喜多太太追上來。

忍呼喚我：

「鈴！」

我無暇回應他，衝出了教室。

轟轟轟！隨著引擎聲，喜多太太駕駛的 Daihatsu Move Canbus 車頭燈亮了起來。車子噴出白煙，在操場上一個甩尾，鎖定方向以後，便一口氣加速，駛離了廢棄小學。

距離日落大約還有三十分鐘。

喜多太太緊握方向盤，飛馳於仁淀川沿岸的國道上。副駕駛座上的中井太太搜尋前往東京的路徑，並拿給後座上的我觀看。

「現在要搭飛機已經來不及了。」
喜多太太大為動搖，瞥了身旁一眼。
「那……那要直接開到東京嗎？」
伊野站。
特快車足摺16號載著我在表定時間19點15分出發了。
中井太太和喜多太太在月台上替我送行。
「她一個人去，不要緊嗎……？」
「這是鈴的決定……」
她們的口吻就像媽媽。
足摺16號在19點28分抵達了高知站2號線。
太陽已經下山，天空染成了藍黑色。
20點10分自高知巴士轉運站出發，前往TDL巴士轉運站西的高速巴士沿著高知汽車道北上。
窗外已經是一片漆黑。
市區的點點燈火緩緩地流向遠方。

爸爸一定很擔心遲遲未歸的我吧！

思及此，胸口一陣抽痛。

我在車上打了封電子郵件。

〈爸，抱歉沒先跟你說一聲，我要出一趟遠門。〉

顯示已讀取不久後，爸爸回信了。

〈合唱團的太太們有寫信跟我說。〉

聖歌隊的人代我聯絡了。

我稍微鬆了口氣。

〈對不起，我這個做女兒的老是這麼任性。〉

〈妳有妳的理由吧？〉

〈我的朋友現在遇上了困難。〉

〈妳想幫那個朋友？〉

〈可是，我不知道我幫不幫得上忙。〉

我對爸爸坦白說出心中的疑惑。

我已經有多久沒有像這樣跟爸爸說心裡話了？

爸爸回信了。

〈媽媽突然過世，妳一直強忍著寂寞，一定很痛苦。可是，妳還是成了這麼體貼的孩子，成了有同理心的孩子。〉

胸口緊緊揪了起來。

〈鈴，是媽媽把妳教成這麼善良的孩子的。〉

爸爸的郵件充滿了溫暖，我才讀到一半，眼前就變得一片模糊，看不清文字了。

〈好好對待那個朋友。〉

淚水撲簌簌地掉落到畫面上。

〈謝謝。〉

隔天早上6點15分，高速巴士抵達了橫濱市區機場巴士轉運站。我在那兒轉乘東橫線，在7點前走出了多摩川站的剪票口。

車站外，雨滴開始滴滴答答地落在路面的磁磚上。

環顧四周，不安越發強烈了。初來乍到的車站，陌生的街道。我真的能夠抵達目的地嗎？

我在小雨中奔跑。

背向多摩川，爬上坡道。在高知從未見過的巨大獨棟樓房靜靜地並列於銀杏行道樹的深處。路上完全沒有行人，只有大客車偶爾會安靜地駛過。

我佇立在交叉路口，環顧四周。

我覺得自己好像成了迷途羔羊。要在這裡頭找出某戶特定的人家，似乎是不可能的任務。

為了甩開不安，我再度拔足奔跑。

「哈……哈……」

我在高級華廈所在的十字路口停下腳步，四下張望。

積水上出現了好幾道漣漪，雨勢似乎變得比剛才更強了。

「哈……哈……哈……」

在不安之中四下張望，更加消耗了我的體力。手臂因為疲勞而下垂。這樣不行，我得快點找到他們……就在我如此暗忖的瞬間，突然絆著了腳。

「啊！」

我在潮溼的道路上跌了個狗吃屎。

「嗚……嗚嗚…………」

好一陣子動彈不得。

我一面低嗚，一面打直手臂，撐起疼痛的身體，用手背擦拭滿是泥水的臉。我非去不可。我咬緊牙根，望著前方，開始奔跑。

最後，我終於找到了。

豪宅林立的坡道彼端，隔著多摩川，可以望見那兩棟摩天大樓。

「就是這裡……！」

錯不了。這麼說來，就在這附近……

「貝兒……？」

坡道上傳來了聲音。

「……啊？」

回頭一看，有道矮小的人影站在坡道上，連傘也沒撐。

「妳、來了？」

是穿著白色連帽上衣的知。

「知！」

「……貝兒……！」

我違抗重力，從坡道下方使勁狂奔。戴著帽兜的知攤開雙手奔向我。

我在坡道途中抱住了知。

白皙透亮的肌膚，瘦得驚人的身軀。

如此弱不禁風的孩子緊抓著我，向我求助。

「沒事了，已經沒事了……」

我用手環住知的背部安撫他，反覆地輕聲說道。

另一個少年帶著懷疑的表情在坡道上凝視我們。

是惠。

「妳真的是貝兒……？」

我依然抱著知，回以笑容。

惠緩緩地走下坡道，卻在中途停了下來，保持一定的距離，不再靠近。他似乎尚未完全信任我。

該怎麼做，才能填補這段距離？

雨在我和惠之間下著。

就在這時候——

「喂？人呢？」

坡道上的豪宅大門是開著的，父親一面怒吼，一面走出大門。

「跑到哪裡去了？知！惠！」

「？」

聽了這道咆哮聲，惠猛然一震，回過了頭。

父親彎過S形轉角，現出了身影。

「惠！為什麼沒有我的允許就跑出來？」

他帶著壓迫感大步走來。

惠的表情僵硬，像是被推了一把似地往後退。

「……！」

情急之下，我抱住兩人，背向走來的父親，好保護他們。

「妳是誰？」

父親粗暴地抓住我的肩膀。

「在網路上留言的就是妳吧？沒錯吧？」

他一口咬定，怒容滿面，用力搖晃我的肩膀。

我依然緊緊抱著兩人，垂著頭動也不動。

「虐待？別亂說話！」

父親忿忿不平地怒吼，從他的語氣，可以感受到真實性。他或許真的沒有虐待之意，而是在不自覺的狀態之下將惠與知逼上了絕境。

我必須保護他們。我更加用力地抱住兩人的背部。

此時，惠猛然省悟過來看著我。

「這種感覺……！」

他似乎想起了什麼，喃喃說道。

「惠！知！快回家！你們敢不聽話？聽父母的話是天經地義的吧？沒錯吧？」

雨勢變得更強了。

父親抓住我的肩膀，一再地猛烈拉扯。

我跌坐到地面上，雙手依然抱著兩人。

「混帳！妳這個黃毛丫頭是想拆散我們一家人嗎？」

父親用手抓住我的頭和臉，不斷地前後搖晃，就像在搖晃物品似的；接著，他用指甲掐住我，用力一拉，發出了令人毛骨悚然的噗滋聲。那是中指指甲刮傷我左臉頰的聲音。銳利的疼痛感在下一秒竄過。

「我不饒妳！絕對不饒妳！」

父親高高地舉起拳頭威嚇。

再這樣下去，我無法保護他們。我做好覺悟，靜靜地站了起來，回過身去，用自己的身體當盾牌。

「……………？」

見狀，高舉拳頭的父親驚訝地睜大眼睛。

我沒有做出任何防禦動作，也沒有說話，只是擋在惠與知之前保護他們。

並用堅定的眼神注視父親。

雨不斷地下著。

我的行動似乎出乎父親的意料之外，只見他一時措手不及，放鬆了力道。

然而，憎惡隨即再次沸騰，他又開始揮拳威嚇我。

「喔喔喔喔！」

居高臨下的視線。想必他一直都是這樣睥睨他人，頤指氣使吧！就算他現在一拳打過來，我也不意外。他的眼神說明他是來真的。

我文風不動，只是繼續堅定地注視父親。

鮮血從我被刮傷的左臉頰流了下來。

我的靈魂絕不會被你瞧扁。

這時候，父親出現了變化。高舉的拳頭彷彿使不上力、不受控制一般，開始虛弱地顫抖。

他似乎也察覺了，緊緊握住拳頭，硬生生地克制顫抖。

「……喔喔喔！」

父親揮拳威嚇。

雨水沿著我的頭髮滑落臉頰，與鮮血混合，流向下巴，化為水滴落地。

我不會被你瞧扁。

我用堅定的視線繼續注視父親。

「…………啊啊……啊……啊啊啊……」

父親終究沒有揮落拳頭。

不只手臂，他的全身都開始發抖。他搖搖晃晃地往後退，全身虛脫地跌坐下來。他的瀏海因為雨水而下垂，用虛弱的眼神仰望著我。眼前的並不是大人，也不是父親，只是個軟弱的可憐男人。

「啊啊啊……啊啊啊……啊啊啊………」

他像是再也待不住似的，就著跌坐的姿勢往後退，接著膝蓋跪地，一個扭身，逃也似地跑上坡道去了。

我默默地看著他離去。

當我回過神來時，雨勢已經轉小了。

惠的聲音傳來。

「……貝兒。」

「……？」

惠站了起來，抬起面無表情的臉龐凝視著我。

「剛才被妳抱住的時候，我終於明白了。妳真的是貝兒……」

他說話時表情絲毫未變，似乎無法妥善表達感情。

「謝謝妳過來。我真的……很希望妳來……」

我想，惠已經盡力表達了。我感覺得出他是真的希望我來。

「我好想妳，貝兒。」

惠露出生澀的微笑。

見了他的笑容，我湧出了滿腔的愛憐。

「我也是……」

我走上前去，抱住了惠。

我們就像是一對愛侶一樣，抵著彼此的額頭。

惠用溫柔的眼神望著我。

「看到妳正面對抗的身影，我才驚覺自己也必須正面對抗才行。我會奮戰的。」

我閉上眼睛，回憶過去的種種。

「你也替我上了一課。是你解放了我怯懦的心靈。」

惠似乎變回原來那個十四歲的惠了，青澀地羞紅了臉。

「……謝謝。我好喜歡妳，貝兒。」

此時，知搖搖晃晃地站了起來。

「貝兒，妳很美。」

他凝視著我，如此說道。

這是從前知對貝兒說過的話。他對渾身泥巴、傷痕累累的我說這句話，讓我感到很驕傲，也很幸福。

「……謝謝。」

我們三人緊緊相擁。

溫柔的雨淋溼了我們。

今天的『U』同樣擠滿了來自世界各地的人。

初次來到『U』的人滿懷著期待與不安，用生硬的動作進行註冊。

這個人或許就是您。

訊息迴響著。

〈『U』是另一個現實，As是另一個您。〉
〈現實無法重來，但是『U』可以重來。〉
『U』形新月緩緩上升。
〈來吧！活出另一個您。〉
〈來吧！展開您的另一個人生。〉
〈來吧！改變世界。〉

我從東京出發，在下午抵達了高知站。
通往須崎的火車抵達伊野站時，太陽已經西斜了。
我下了月台。
火車離站以後，我看到爸爸佇立在對側的月台上。
我隔著鐵道線路凝視著爸爸。
爸爸也凝視著我。
我的左臉頰上貼著一個大大的OK繃。爸爸看到以後，或許會感到疑惑，或許會擔心我遇到了危險，或許會想詢問事情的經過。
爸爸喃喃說道：

「……今天要在家吃飯嗎？」

爸爸問了這個令我意外卻一如平時的問題。我有些驚訝，接著微微一笑：

「……要。」

爸爸也微微一笑。

「那就吃鹽烤鰹魚吧！」

睽違已久的父女對談就此結束了。就這麼短短幾句話，究竟耗費了我們多少月、多少年？不過，無所謂。終於說出口了。要在家吃飯嗎？要。短短兩句話，花了這麼久的時間，終於說出口了。我細細品味著背後的重大意義。

接著，我帶著豁然開朗的表情微微一笑。

「我回來了。」

爸爸也回以微笑。

「歡迎回來。」

我們鬆了口氣，彼此對望。

就在這時候——

「鈴！」

車站外頭傳來了中井太太的聲音。

聖歌隊的女性成員們、小弘、瑠果、頭慎，還有忍——大家都來接我了。

「歡迎回來！」

大家一起漫步於染上暮光的仁淀川沿岸。

聖歌隊打頭陣，爸爸殿後。

小弘和瑠果在我們背後聊天，氣氛相當融洽，而頭慎面帶微笑地看著她們。

我和忍走在一起。

「……鈴。」

「唔？」

「看到妳保護他們，我覺得妳很了不起。」

我轉頭看著忍。

忍目不轉睛地凝視著我，微微一笑。

「很帥。」

我呆呆地望著忍，知道自己的臉頰逐漸變紅了。

忍邊走邊攤開手，伸了個大大的懶腰。

「啊，終於功成身退了。」

他仰望天空，感慨地說道：

「以後不必抱著保護妳的心態，可以正常交往了。我從以前就想這麼做了。」

直到現在，我才知道忍一直抱著這樣的想法。不過，我不知道該說什麼，只能和忍仰望同一片天空。

夕陽懸在西方天空的積雲彼端。藍天加上泛黃的雲彩，看起來清爽怡人。

忍停下腳步，仰望這片景色。小弘、瑠果和頭慎跟著佇足眺望，爸爸與聖歌隊的女性成員們也一樣。

積雲頂端金光四射，煞是美麗。

我望著這一幕，在心中對忍說道：

對不起。

——不，不對。

該說的是謝謝才對。

但願有一天我能直接對忍說出這番心意。

但願我能變得如此勇敢。

微風吹動我的髮絲。

女性成員們的說話聲傳入耳中。

「欸，我們邊唱歌邊走回家吧？」
「好主意，正好可以練習。」
「替秋天的音樂會做準備。」
「要唱什麼歌？」
「當然是那首歌啊！」
「好，就唱那首歌。」
女性成員們轉過頭來。
吉谷太太呼喚：
「鈴，帶唱！」
小弘、瑠果和頭慎也探出身子——
「唱吧！」
並如此異口同聲地說道。
我驚訝地轉頭看著忍。
忍微微一笑：
「我正等著聽呢！」
「……嗯！」

於是，我帶著笑容，面向前方，大大地吸了口氣。

「好，開始唱囉！」

輕文學 Light Literature

不論何時，我們都不是孤軍奮戰。
——只要和你一起，我會變得強大。

怪物的孩子

細田守／著　邱鍾仁／譯

除了人類世界，這個世上還存在怪物的世界。
九歲時，孤苦無依的蓮誤闖怪物界的「澀天街」，成為熊徹的徒弟。雖然這對師徒老是起衝突，但隨著修練與冒險，他們逐漸萌生情誼，彷彿真正的父子。八年的時光流逝，十七歲的蓮回到人類世界的「澀谷」，開始對自己的立場產生迷惘……

定價：NT$260/HK$78

輕文學
Light Literature

這是跨越時空，
我與家人的未來物語。

未來的未來

細田守 / 著　　黃涓芳 / 譯

訓訓迎來剛出生的妹妹——未來。眼見雙親的關愛被妹妹奪走，讓訓訓困惑又焦躁。這時，他在庭院遇見稱呼自己為「哥哥」——來自未來的妹妹。
訓訓在未來的引導下，展開一場穿越時空的旅程。
最終，訓訓究竟會抵達何方？未來，又為何會從未來而來？

定價：NT$260/HK$78

國家圖書館出版品預行編目資料

龍與雀斑公主 / 細田守作 ; 王靜怡譯 . -- 初版 . --
臺北市 : 臺灣角川股份有限公司 , 2021.10
面 ; 公分

譯自 : 竜とそばかすの姫
ISBN 978-986-524-900-7(平裝)

861.57 110014327

輕文學
Light Literature

龍與雀斑公主

原著名＊竜とそばかすの姫

作　　者＊細田守
譯　　者＊王靜怡

2021年10月7日　初版第1刷發行

發 行 人＊岩崎剛人
總 編 輯＊呂慧君
主　　編＊李維莉
美術設計＊邱靖婷
印　　務＊李明修（主任）、張加恩（主任）、張凱棋

台灣角川

發 行 所＊台灣角川股份有限公司
地　　址＊104台北市中山區松江路223號3樓
電　　話＊（02）2515-3000
傳　　真＊（02）2515-0033
網　　址＊http://www.kadokawa.com.tw
劃撥帳戶＊台灣角川股份有限公司
劃撥帳號＊19487412
法律顧問＊有澤法律事務所
製　　版＊尚騰印刷事業有限公司
I S B N＊978-986-524-900-7